신을 갈망했던 그〔...〕 〔...〕생각해
그 대안으로 일본〔...〕 〔...〕는 1975년 출간된《미국의
송어낚시》일본어판이 큰 인기를 끌고 있었다. 훗날 작가 무라카미 하루키와 오가와 유코가 그에게 영향을 받았다고 밝힐 정도였다.《도쿄 몬태나 특급열차》에는 외국 생활에서 오는 고독, 찰나적인 인간관계에 대한 회의, 나이 들어감에 따른 슬픔, 그리고 죽음과 허무의 정서 등이 짙게 깔려 있어, 말년에 느낀 그의 불안감을 짐작하게 한다. 그럼에도 그의 해학만큼은 빛을 잃지 않았지만, 결국 책 출간 사 년 후인 1984년, 브라우티건은 마흔아홉의 나이에 아무도 찾아오지 않는 외로운 곳에서 권총으로 스스로 목숨을 끊었다. 시신은 그의 행방을 찾던 출판사에서 고용한 사립탐정에 의해 발견되었고, 결국 아무도 그의 정확한 사망 일자를 알지 못하게 되었다.

옮긴이 김성곤

서울대학교 영어영문학과 명예교수, 뉴욕 주립대학교 버펄로 영문학 박사, 뉴욕 주립대학교 명예 인문학 박사. 스페인 정부훈장 수훈. 컬럼비아 대학교에서 수학했으며, 펜실베이니아 주립대학교, 캘리포니아 대학교 버클리, 브리검 영 대학교에서 영문학, 비교문학, 한국문학을 강의했고, 하버드 대학교와 옥스퍼드 대학교에서 객원학자로 연구했다. 조지 워싱턴 대학교 초빙 석학교수, 스페인 말라가 대학교 초빙교수를 지냈으며, 현재 캘리포니아 대학교 어바인에서 초빙교수로 강의하고 있다. 옮긴 책으로 리처드 브라우티건의《미국의 송어낚시》《완벽한 캘리포니아의 하루》《임신중절》《빅서에서 온 남부 장군》등이 있으며, 지은 책으로《경계를 넘어서는 문학》《하이브리드시대의 문학》《글로벌 시대의 문학》《경계해체 시대의 인문학》《문학의 명장면》《문화로 보는 세상, 문화로 읽는 미래》등이 있다.

도쿄 몬태나 특급열차

The Tokyo-Montana Express
by Richard Brautigan

도쿄 몬태나 특급열차

THE TOKYO-MONTANA EXPRESS

I

리처드 브라우티건 _ 김성곤 옮김

비채

리처드와 낸시 하지를 위해

THE TOKYO-MONTANA EXPRESS

차
례

THE TOKYO-MONTANA EXPRESS

도쿄 몬태나 특급열차는 초고속이지만, 중간중간 정차하는 정류장이 많다. 이 책은 잠시 정차하는 역들로 구성되어 있다. 어떤 역은 자신이 무엇인지에 대해 확신하고 있지만, 다른 역들은 여전히 자신의 정체성을 찾고 있다. 이 책의 화자인 '나'는 도쿄 몬태나 특급열차가 정차하는 여러 역들의 목소리이다.

_리처드 브라우티건

조지프 프랭클의 육로 여행과
네브래스카 주 크리트에서
영원히 잠들어 있는 그의 아내 안토니아

제1부 : 때로 할로윈 날 사탕을 받으러 온 아이들의 옷 같은

럭키 포드 강을 떠난 지 사흘째 되는 날, 우리는 인디언에게
머리가죽이 벗겨지고 늑대에게 거의 다 잡아먹힌 시체를 발
견했다(여기에는 늑대가 많아서 밤이면 음악회처럼 들리는 늑대 울음
소리 때문에 잠을 자기 어렵다). 우리는 그를 묻어주고 나서 슬픈
생각에 잠긴 채 갈 길을 갔다. _조지프 프랭클

우리는 때로는 인생의 궁극적 의미에 대해, 할로윈 날
사탕을 받으러 온 아이들의 옷 같은 철학적 가십으로 위
장한 채 생각해본다. 오늘 나는 조지프 프랭클에 대해 생
각한다. 그는 알 수 없는 이유로 1851년에 체코슬로바키
아를 떠나 미래를 찾아 미국으로 왔다가, 1875년 12월 초

에 미래가 다 소진된 채 쓰러져 쌓인 눈에 얼굴을 박고 죽었다. 그러고는 아무도 찾아오지 않는 오리건 주 포트 클래머스의 어느 무덤에 묻혔다.

나는 그가 1875년에 위스콘신에서 캘리포니아로 가서 오랫동안 노력했지만 금광 발굴에 실패한 때에 쓴 일기와 캘리포니아에서 쓴 편지의 일부를 읽었다.

그의 일기는 거울처럼 맑은 산문으로 쓰였는데, 순진하면서도 세련되었으며 온화한 유머와 아이러니가 들어 있었다. 그는 자신만의 시각으로 미국을 바라보았다.

그는 마치 유성처럼 흘러들어와 특이한 삶을 살다가 자신의 인생을 일기에 써놓고 죽었다.

어린 시절 조지프 프랭클의 아버지는 양조장과 유리공장 소유주여서 풍족하게 살았던 것 같다.

그래서 그는 프라하 음악학교에서 음악을 공부했고, 체코와 오스트리아와 독일을 순회하며 공연하는 오케스트라의 단원이 되었다.

나는 계속해서 스스로에게 답이 없는 질문을 해봤다. 애초에 조지프 프랭클은 왜 미국에 와서 전혀 다른 삶을 살게 되었는가? 내 안의 무엇인가는 그가 미국에 온 이유를 이해하지 못했다.

베를린이나 비엔나에서 베토벤이나 슈베르트를 연주

하는 것과 조지프 프랭클이 묘사하는 미국 서부는 너무 달랐기 때문이었다.

……저녁식사 후에 진짜 야성의 인디언, 즉 오마하의 추장이 우리를 방문했다. 그는 자신의 백인혼혈 부인을 찾는다고 말했다. 그는 그녀를 이틀 동안이나 보지 못했는데, 그녀는 지금 이민자들 사이에서 방황하고 있다고 했다.

그것은 청중들이 막이 오르기를 기다리는 음악회와는 사뭇 다른 것이었다.

프랭클은 그가 토니라고 부르는 체코슬로바키아 출생 미국인 아내 안토니아와 아들 프레드를 위스콘신에 남겨 놓고 금을 캐러 캘리포니아로 왔다.

나는 안토니아를 떠나는 그를 상상해봤다. 그리고 그를 기다리는 그의 아내도 생각해봤다. 그녀는 겨우 스무 살이었다. 그녀는 아주 외로웠을 것이다. 그녀의 남편은 삼년 동안이나 집을 떠나 있었다.

제2부 : 형편없는 구식 무성영화 (칠면조, 메추리)

1854년 조지프 프랭클의 서부에는 형편없는 구식 무성영화 같은 새가 많았고(칠면조, 메추리, 오리, 거위, 도요새,

꿩), 그런 영화의 배우 같은 짐승이 많았고(들소, 엘크, 늑대), 흘러나오는 영화 제목 같은 물고기가 많았으며(창꼬치, 메기, 농어), 영화와는 달리 아무도 살지 않고 빈약한 길에 방향을 잃기 쉬운, 광활하고 쓸쓸한 지역이 있었다.

우리는 헤매고 있다는 사실을 깨달았다. 우리가 가는 길은 어슴푸레했고, 일 년 동안 아무도 다녀간 적이 없는 곳 같았다. 인적은 없었지만 늑대나 그보다 큰 짐승의 흔적은 있었다. 무거운 정적이 우리를 짓눌렀다.

그곳은 개를 훔치는 교활한 인디언들이 사는 땅이었다. 그들은 우리에게 가장 필요한 것을 뜯어내는 방법을 잘 알고 있었고, 소규모 군대를 몰고 가서 훔친 개를 돌려주지 않으면 전쟁을 각오하라고 협박해야 할 정도였다(사실 이런 것은 체코슬로바키아의 프라하나 클래식과는 얼마나 다른가). 하지만 인디언들은 개를 훔치는 기술이 너무나 정교했고, 개 대신 말을 주겠다고 하면서도 약속한 말을 주는 법은 없었다. 결국 백인들은(조지프 프랭클을 포함해서) 개를 돌려받지 못한 채 캠프로 돌아왔다. 그렇게 개는 사라지고 말았다. 인디언은 너무나 영리했다.

조지프 프랭클이 서부로 가는 길에 만난 사람들은 정

신머리가 없고 전형적으로 튀어 보이는 사람들이었다. 변경을 개척하러 가는 사람들은 기존 사회에서 안정된 생활을 하는 사람들은 아니었다. 아무도 살지 않는 곳에 가서 살려고 하는 사람들은 언제나 좀 이상하고 반은 미친 사람들이기 마련이다.

조지프 프랭클은 처음부터 적극적이었다. 그는 정신이 이상한 독일인 삼형제와 독일군의 영광과 우월함을 믿는 또 다른 독일인과 함께 주저 없이 서부로 갔다.

그때는 1854년이었으니까!

물론 맥주와 술을 담당하는 조지프 프랭클을 포함해 그들은 첫날부터 술에 취했고 숙취로 고생했다.

서부로 여행하면서 프랭클은 사기꾼 숙박업소 주인, 엉터리 의사, 냉소적인 농부, 야성의 무신론자 사냥꾼과 수렵꾼을 만났는데, 이들은 유럽의 거리에서라면 이상하게 보일 사람들이었다.

그들의 옷은 남루해서 그대로는 유럽의 거리를 걸을 수도 없었을 것이고, 이게 웬 코미디언이냐고 수많은 구경꾼들이 몰려들었을 것이다.

그는 또 교활한 바람둥이 여자와 순진해서 아내가 바

람난 것도 모르는 그녀의 남편도 만났고, 정의를 실행한다면서 프랭클이 비윤리적이라고 생각하는 몰몬 교도들에게 팔 2만 5천 달러어치의 건어물을 갖고 유타로 가는 판사도 만났으며, 저녁을 얻어먹고도 프랭클에게 감사의 뜻을 표시하지 않는 인디언 추장도 만났다. 또 방탕한 목사와 그의 정부인 예쁜 요리사도 만났고, 파우니족 인디언과의 전쟁을 막 끝내고 자랑스럽게 스물한 장의 파우니족 머리 가죽을 보여주는 강탈자 수족 인디언 무리도 만났으며, 조지프 프랭클이 배가 고팠을 때 저녁식사와 밀가루를 준 친절한 포장마차 대열의 주인도 만났다.

금이 난다는 캘리포니아 주 플레이서빌에서 그는 실속 없는 거래로 자신을 골탕 먹인 두 사람을 만났고, 중국인이 버린 움막에서 살면서 좀처럼 찾아오지 않는 부를 추구하는 동안 그에게 외상을 준 상인들도 만났다. 그러다가 마지막에는 어느 가난한 사람에게 고용되어 일을 했다.

그가 "아름답지만 불운한 땅"이라고 불렀던 캘리포니아에서 조지프 프랭클의 운은 잘 풀리지 않았다.

그가 없는 동안 안토니아는 위스콘신에서 그를 기다렸다. 그녀는 건강이 좋지 않았고, 삼 년이 지났다. 그것은 건강이 좋지 않은 여자에게는 긴 세월이었다.

제3부 : 조지프 프랭클의 기나긴 문

우리는 삼 일째 되는 날, 장대 같은 비가 오고 천둥이 치는 날씨 속에 캠프에 도착했다. 저녁을 차리는 것은 쉽지 않았다. 내가 막 컵에 차를 부었을 때, 무슨 소리가 들렸는데…….

하지만 그곳에서 일기의 일부가 없어져서 우리는 그가 무슨 소리를 들었는지는 알 수 없다. 그의 일기에서 사라진 부분은 마치 순수한 영원의 소리나 긴 시적^{詩的} 휴지와도 같았다.

"무슨 소리가 들렸는데"라고 쓰기 직전에 그는 포장마차에서 요리사로 일했는데, 인디언 문제로 골머리를 썩였다. 파우니족 인디언이 특히 골칫거리였다. 대부분의 인디언들은 옷을 입고 있지 않았다. 그들은 벌거벗은 채 무기만 들고 뛰어다녔는데, 좋은 생각을 하고 있지는 않았다.

무슨 소리가 들렸는데…….

우리는 그게 무슨 소리였는지 결코 알 수 없다.
그의 일기가 다시 시작될 때에는 대평원이 시작되는

곳에 있어서, 그가 들은 소리가 무엇이었는지는 영원히 알 수 없다.

다음 단절은 의도적이었다. 그는 라라미 요새에 있었는데, 이렇게 썼다.

아무런 흥미 있는 일이 일어나지 않았기 때문에 나는 솔트레이크 시티에서의 여행은 기록하지 않으려고 한다.

갑자기 그가 솔트레이크 시티에 있어서, 우리는 마치 라라미 요새에서 솔트레이크 시티 사이에 (사실은 약 643킬로미터 거리인데) 문만 하나 있어서 열고 들어가면 되는 것처럼 느끼게 된다.

조지프 프랭클의 일기는 아침에 일어나보니 눈으로 덮인 시에라 산맥에서 끝난다.

한편 안토니아는 눈으로 뒤덮인 조지프 프랭클을 걱정하면 돌아오기를 기다리고 있다.

삼 년이라는 긴 세월이 지나갔다.

제4부 : 두 명의 체코슬로바키아인들이 여기 미국에 잠들다.

조지프 프랭클은 이제 스물세 살이 된 안토니아에게 돌아왔다. 그녀는 매우 행복했을 것이다. 아마도 그의 목에 팔을 두르고 울었을 것이다.

그 후 그는 정착해서 다섯 명의 아이를 더 낳았고, 다시 예전의 프라하 음악가 시절로 되돌아왔다. 그는 위스콘신 주 워터타운에서 피아노와 노래를 가르쳤으며 멘델스존 가곡 모임의 수장이 되었다.

그는 또 몇 년간 군청 직원으로도 일했고, 1869년에는 네브래스카 주 크리트로 이사를 가서 1870년에 잡화점을 열었다. 하지만 장사가 잘 되지 않아 1874년에는 빌어먹을 캘리포니아 드림 때문에 아내와 자녀들을 떠나 금을 찾아 다시 캘리포니아 주 플레이서빌로 갔다. 그러나 골드러시는 이미 몇 년 전에 끝나 있었다.

그는 이번에는 캘리포니아 여행에 대해 일기를 쓰지 않았다. 그는 그냥 그곳에 갔다. 물론 이번에도 그에게는 운이 없었다. 이번에도 그는 중국인이 버린 움막에서 살았다.

조지프 프랭클은 캘리포니아와 인연이 없었다. 그래서 그는 워싱턴 주 왈라왈라 근처에서 나무를 베어 먹고사는 큰아들 프레드를 찾아갔다.

프레드는 체코의 양조장과 유리공장 주인의 손자였다. 그 씨가 머나먼 아메리카에 뿌려진 것이다.

1875년 봄에 조지프 프랭클은 플레이서빌에서 오리건

주 포틀랜드까지 걸어갔다. 약 1064킬로미터를 걸은 것이다. 그는 컬럼비아 강까지 갔다가 동쪽으로 아들이 살고 있는 블루 마운틴 산맥까지 걸어갔다.

워싱턴 주는 먹고살기가 어려워서, 그와 그의 아들과 아들의 친구는 그래도 사정이 더 나은 캘리포니아로 가기로 했다(그래서는 안 되는 건데!). 이번이 조지프 프랭클의 세 번째 캘리포니아 여행이었다.

그들은 말을 타고 여행을 했는데, 마침 겨울 날씨가 나빠서, 프랭클의 아들은 다시 돌아가 배를 타고 캘리포니아로 가기로 하고, 두 남자는 말을 타고 여행을 계속했다.

그래서 이제 아들은 배를 타고, 아버지는 말을 타고 캘리포니아로 갔다. 일이 이상하게 되었는데, 조지프 프랭클의 인생은 어차피 쉬운 것이 아니었다.

오리건을 지나면서 조지프 프랭클은 아프기 시작해 열하루 동안 아무것도 먹지 못하고 정신이 오락가락했다. 나는 그의 정신이 어떻게 오락가락했는지는 모르겠지만, 인디언과 콘서트홀 사이를 오간 것이 아닌가 싶다.

그러다가 아들 친구는 조지프 프랭클을 잃어버렸고, 그를 찾다가 도움을 요청하러 근처 마을로 갔다. 며칠 후 수색대가 그를 찾았을 때, 그는 눈에 얼굴을 박고 죽어 있었다. 그러나 불행한 것 같지는 않았다.

그는 정신이 오락가락하다가 캘리포니아는 곧 죽음이라고 생각했던 것 같다. 그는 1875년 12월 10일, 아무도 찾지 않는 오리건 주 포트 클래머스에 있는 무덤에 묻혔다. 미국에서 보낸 그의 젊은 시절의 끝이었다.

안토니아 프랭클은 1911년 11월 21일, 네브래스카 주 크리트에서 죽으면서 평생의 기다림에 드디어 마침표를 찍었다.

내가 만나지 못한 사람들과 가보지 못한 곳

"내 손금은 생명선이 짧네." 그녀가 말했다. "젠장."

우리는 침대 시트 안에서 누워 있었다. 아침이었다.

그녀는 손을 바라보고 있었다. 스물세 살의 그녀는 머리카락이 검었다. 그녀는 아주 세심하게 손바닥을 바라보고 있었다.

"젠장."

일본인 오징어잡이들은 지금 잠들어 있다

일본인 오징어잡이 어부들이 잠들어 있어서 나는 술병을 깜빡 잊었다. 나는 그들이 잠들어 있는 모습을 떠올렸다.

어젯밤 새벽 1시에 자러 갔을 때, 나는 그들이 오징어잡이 하는 것을 보지 못했다. 그들의 배는 태평양 연안에 정박했고, 배는 불빛을 밝히고 있었다. 그들은 오징어를 유인하기 위해 불을 켜놓았다. 배 네 척은 마치 하늘의 별처럼 완벽하고 질서정연하게 정박되어 있었다. 배들은 스스로에게 안내 성좌星座였다.

그래서 나는 그만 술병을 잊은 것이다. 나는 그들이 새벽까지 일한 후 잠들기 전에 술을 한두 잔씩 하리라 생각했었다. 나는 잠자고 있는 일본인 어부들보다는 술병을 먼저 생각했어야 했다.

나는 한 달 전에 그 술병을 일본으로 가져왔다.

그 술병에는 재미있는 역사가 있었다. 일본으로 건너오기 몇 주 전에, 나는 샌프란시스코의 어느 술집에 친구들과 앉아 있었는데, 우리는 내가 일본에 가지고 가서 바다에 던질 술병에 메시지들을 쓰기로 했다.

나하고 친한 바텐더가 마침 예전에 스카치위스키를 담았던 튼튼한 빈병을 갖고 있었고, 우리는 서로에게 보여주지 않기로 하고 메시지를 썼다. 그래서 각자 메시지를 써서 다른 사람에게는 보여주지 않고 병에 집어넣었는데, 몇 시간 후에는 서른다섯 개 혹은 마흔 개 정도의 메시지가 병에 들어 있었다. 그것은 마치 저녁나절 미국 술집의 전형적인 모습 같았다.

바텐더가 코르크로 병을 닫고 갖고 있던 왁스로 밀봉했는데, 바텐더는 서도書圖를 하던 사람이어서 붓글씨를 쓴 다음에는 낙관을 찍을 용도로 왁스를 갖고 있었다. 그래서 전문가답게 병을 밀봉할 수 있었다. 나는 취한 채 그 병을 집으로 들고 와 행복에 젖었다.

몇 주 후 나는 바다에 던지기 위해 일본으로 그 병을 갖고 왔다. 어쩌면 그 병이 다시 조수를 타고 미국으로 돌아가 삼백 년 후 발견되어 상당한 뉴스거리가 될 수도 있고, 아니면 캘리포니아 암초에 부딪혀 깨져서 유리 조각은 가라앉고 메시지는 떠올라 조수의 찌꺼기로 해변을 떠돌게 될지도 몰랐다.

아직까지는 모든 것이 좋았다. 다만 나는 잠든 일본인 오징어잡이 어부들을 생각하느라 술병을 잊어버리고 아지로에 있는 아파트를 나섰다. 아지로에서 나는 친구들과 같이 머물고 있었는데, 친구들이 빌려온 보트가 있어서 그것을 타고 멀리 나가 술병을 버릴 참이었다.

내 일본인 친구들은 그 술병 이야기를 좋아했고, 그 병의 항해에 자기들도 일조하기를 원했다. 우리가 부두에 도착하자 그들은 그 술병이 어디 있느냐고 물었다.

나는 매우 놀라서 깜빡 잊고 안 갖고 왔다고 대답했다. 그러나 사실 그 병은 잠자고 있는 일본인 오징어잡이 어부들 옆에 있었다. 그 술병은 어부들 침대 옆 탁자에서 밤이 오면 그들의 안내 성좌가 되기를 기다리고 있었다.

역사상 가장 소규모의 눈 폭풍

역사상 가장 소규모의 눈 폭풍이 조금 전 우리 집 뒷마당에서 일어났다. 눈이 두어 송이 떨어진 것이다. 나는 더 오기를 기다려보았지만 그게 다였다. 눈 폭풍이라고 해봐야 겨우 눈 두 송이였던 것이다.

그 눈 두 송이는 자기네를 닮은 로럴과 하디의 신랄함을 회상하는 것처럼 내렸다. 그것은 마치 슬랩스틱 코미디 듀오였던 로럴과 하디가 눈송이로 변해서 세계에서 가장 소규모의 눈 폭풍의 주인공이 된 것 같았다.

그 눈 두 송이는 얼굴이 파이 같은 하늘에서 떨어져 나와 천천히 내려왔다. 마치 60센티미터가 넘는 거대한 눈 폭풍에 익숙한 이 세상에 색다른 위엄을 보이려는 듯이 천천히.

금년 겨울에 열두 번이나 찾아온 눈 폭풍으로 인해 아

직 땅에 남아 있는 눈 위로 그것들이 코미디처럼 내려올 때, 나는 더 많은 눈을 기다려보았지만, 결국 그 두 송이가 로럴과 하디처럼 그 자체로 완벽한 눈 폭풍이라는 것을 깨달았다.

나는 밖으로 나가서 그 눈송이를 찾아보며 그것의 용기를 높이 평가했다. 그것들을 찾으면서, 나는 어떻게 하면 그것들을 냉장고에 넣어서 그 용기에 합당한 경배와 찬사를 보낼 수 있을지 생각했다.

수개월 동안 쌓인 눈 위에서 두 송이의 새 눈을 찾아본 경험이 있는가?

나는 그것들이 착륙했음직한 곳으로 가서 이미 쌓여 있는 눈 위로 내린 그 두 송이의 눈을 찾아보았다. 자칫하면 밟을 수도 있었는데, 그것은 좋은 생각이 아니었다.

곧 나는 그게 부질없는 짓이라는 사실을 깨닫고 수색을 포기했다. 그래서 세계에서 가장 소규모의 눈 폭풍은 영원히 사라졌다. 이제 그것과 다른 것들 사이에는 아무런 차이도 없게 되었다.

나는 그런 용기를 인정해주지 않는 세상에서 용기를 발휘한 두 눈송이의 독특한 용기를 생각했다.

나는 로럴과 하디를 집 밖에 버려두고 집 안으로 들어왔다.

샌프란시스코의 뱀 이야기

사람들은 샌프란시스코를 생각할 때 뱀을 생각하지는 않는다. 여기는 관광지여서 사람들이 프렌치 브레드 같은 것을 찾는 곳이기 때문이다. 뱀을 보러 사람들이 샌프란시스코에 오지는 않는다. 뱀 이야기를 하면, 다른 지역의 미국인들은 아마도 샌프란시스코에서는 프렌치 브레드를 뱀으로 만드나 하고 의아해할 것이다.

하지만 관광객들은 걱정하지 않아도 된다. 지금부터 내가 하려는 이야기는, 내가 알기로는 단 하나밖에 없는 샌프란시스코 뱀 이야기이기 때문이다.

한때 내 친구 중에는 아름다운 중국 여자가 있었다. 그녀는 아주 지적이었고, 특히 가슴이 예뻤다. 그녀의 가슴은 정말 크고 예뻤다. 그래서 어디를 가나 그녀의 가슴은 사람들의 시선을 끌었다.

흥미롭게도 나는 그녀의 몸보다는 그녀의 지성에 더 끌렸다. 나는 여성의 지성이야말로 가장 매력적인 것이라고 생각했고, 그녀는 내가 아는 사람들 중 가장 지적^{知的}이었다.

모든 사람들이 그녀의 가슴을 바라볼 때, 나는 건축학적인 관점에서 겨울 별빛처럼 명료하고 분석적인 그녀의 머리를 바라보았다.

지금쯤 당신은 아름다운 중국 여자의 정신이 샌프란시스코의 뱀과 무슨 관계가 있는지 조바심이 나서 묻고 싶을 것이다.

어느 날, 우리는 뱀을 파는 가게에 갔다. 우리는 딱히 갈 곳도 없이 샌프란시스코 거리를 돌아다니다가 우연히 파충류 정원 같은 뱀의 소굴에 들어가게 된 것이었다.

그 가게에는 수백 마리의 뱀이 있었다.

사방 어디를 보아도 뱀이 있었다.

뱀이 있는 것을 눈치 챈 순간, 뱀의 배설물 냄새가 났다. 여러분이 뱀 전문가라면 내 말을 복음처럼 들을 필요는 없지만, 내 기억에 그것은 움직이는 트럭 한 대분의 상한 도넛 냄새와도 같았다. 하지만 즉시 그곳을 떠나야 할 만큼 나쁘지는 않았다.

우리는 그 더러운 뱀 집에 매료되었다.

주인은 왜 뱀의 배설물을 치우지 않았을까?

뱀들은 자기 배설물에서 살고 싶어하지 않았을 텐데.

하긴 뱀들은 원래 있었던 곳으로 돌아가면서 그 빌어먹을 모든 곳을 곧 잊겠지만 말이다.

아프리카, 남아메리카, 아시아에서 온 그 뱀들은 자기 배설물에 누워 있었다. 그들은 자기 나라로 돌아갈 편도 비행기 티켓이 필요했다.

그 끔찍한 뱀들 사이에는 죽은 듯 조용히 있는 쥐들로 가득 찬 커다란 짐승우리가 있었는데, 그 쥐들은 결국 모두 냄새나는 뱀의 배설물이 될 것이었다.

그 중국 여자와 나는 뱀들을 구경하며 돌아다녔다. 우리는 이 파충류의 지옥을 혐오하면서도 그것에 매료되었다.

우리는 두 마리의 코브라가 있는 곳을 갔는데, 두 놈 다 여자의 가슴을 노려보고 있었다. 뱀들의 머리는 유리에 딱 붙어 있었다. 그것들은 영화에서 보는 것과 같았지만, 스크린에서는 뱀의 배설물 냄새는 나지 않았다.

중국 여자는 별로 크지 않아서 155센티미터 정도였다. 그 냄새나는 두 마리의 코브라는 불과 몇 센티미터 거리를 두고 그녀의 가슴을 노려보았다. 아마도 그래서 내가 그녀의 정신을 더 좋아했는지도 모르겠다.

미식축구

그는 사는 동안 내내 자신이 주^州 대표 미식축구선수로 뽑혔다는 사실에 고무되어 있었다. 그는 스물두 살 때 자동차 사고로 죽어서 비 오는 날 오후에 묘지에 묻혔다. 장례식 중간쯤에 목사는 할 말을 잊어버렸다. 사람들은 모두 그가 할 말을 기억해내기를 기다렸다.

그러다가 목사가 드디어 기억해냈다.

"이 젊은이는, 미식축구를 했지요."

빙하시대의 택시회사

몬태나의 산들은 잠시도 가만있지 않고 시시각각 끊임 없이 변했다. 태양과 바람과 눈이 그렇게 만들었다. 구름 과 그늘도 일조했다.

나는 다시 산들을 바라보고 있었다.

또 일몰이 찾아왔다. 이번 일몰은 조용했다. 내 집을 떠 나서 붉은 헛간 위에 있는, 산을 향해 커다란 창이 난 이 방으로 온 이유는 또 다른 일몰을 보고 싶어서였다.

나는 이 계곡에서 가을의 첫눈이 내리는 일몰, 분석적 이고도 명료한 일몰을 보기를 기대했다.

……1977년 10월 10일.

우리는 어젯밤, 눈이 오는 것을 보면서 잠이 들었다. 하 지만 지금 일몰은 다른 모습을 보이며 시시각각 변하고 있다. 고요한 일몰은 차츰 어떤 것은 자를 수 있지만 어떤 것은 자를 수 없는 칼처럼 무뎌지고 있었다. 복숭아는 자를 수 있지만 사과는 자를 수 없는 칼처럼.

마을에는 택시 한두 대로 택시회사 영업을 하는 나이든 여자가 있었다. 한 대 플러스라고 해도 과장이 아니었다.

어쨌든 작년에 그녀는 나를 여기로 데려다주었고, 높은 구름은 선명한 6월의 태양과 손을 잡고 오후의 빛을 극적으로 바꾸어놓고 있었다.

물론 우리는 빙하시대에 대해 이야기했다.

그녀는 빙하시대에 대해 이야기하고 싶어했다. 그것은 그녀가 가장 좋아하는 대화 주제였다. 그녀는 빙하시대에 대한 이야기가 끝나면, 산의 빛깔이 변하는 것으로 대화 주제를 바꾸었다.

"……빙하시대라니!" 그녀는 그런 식으로 빙하시대에 대한 극적인 이야기를 마쳤다. 그러고는 부드러워진 목소리로 말했다. "난 여기에서 오십 년 넘게 살면서 저 산들을 백만 번도 넘게 봤는데, 한번도 저 산들이 똑같은 것을 본 적이 없어요. 언제나 변했고 달랐지요."

그녀가 산에 대해 이야기를 시작했을 때 산들은 이렇게 보였다가, 그녀가 이야기를 마치면 또 저렇게 보이는 것이었다.

내가 일몰에 대해서 하고 싶어하는 이야기도 그런 것
이었다.

"끊임없이 다르고 변하는 것."

잉어의 성지(聖地)

금요일 밤 도쿄의 시부야 술집들이 문을 닫으면 수천 명의 사람들이 행복하고 취한 치약처럼 웃고 일본어로 떠들면서 거리로 쏟아져 나왔다.

거리는 택시들로 붐볐다. 금요일 밤과 토요일 밤에 시부야에서 택시 잡기가 어렵다는 것은 잘 알려진 사실이다. 때로는 거의 불가능했고, 오직 운명이나 신이 직접 개입해야 가능했다.

나는 시부야에서 그 수많은 일본인들 사이에 서 있었다. 나는 혼자 살고 있었기 때문에 굳이 집에 가려고 안달할 필요가 없었다. 집에 가봐야 호텔의 빈 방이 외롭고 고독한 잠을 이어주는 다리처럼 나를 기다리고 있을 뿐이었다.

그래서 나는 거기에 바나나처럼 평화롭게 서 있었다.

일본인들 사이에서 나는 바나나처럼 보였다. 차가 거의 움직이지 않을 정도로 붐비는 거리를 지나가는 택시들은 이미 승객들로 가득 차 있었다. 저 앞에 빈 택시가 보였지만 그때마다 재빨리 사람들이 올라탔다.

그러나 상관없었다.

행복한 섹스를 하러 가는 내 주위의 많은 젊은 커플들과 달리 나는 갈 곳이 없었기 때문이었다.

저 사람들에게 택시를 양보해야지.

그게 저들에게 보내는 내 축복이니까.

나도 한때는 젊었었지.

그때 빈 택시 한 대가 나를 향해 달려오고 있었고, 다른 사람들은 다른 곳을 보고 있어서 나는 나도 모르게 손을 들어 택시를 잡았다. 내가 원해서가 아니었다. 그저 무의식적인 반사작용이었을 뿐이다. 저들이 타야 할 택시를 가로챌 생각은 없었다.

내가 그런 생각을 하고 있을 때, 택시가 멈춰 섰고 나는 택시에 올라탔다. 내 친절은 거기까지였다. 택시 내부에서 드러나는 운전자의 취향과 자기 택시라는 자부심이 배어나는 분위기를 보니 개인택시였다.

나는 일본어로 목적지를 말했고, 우리는 출발했다. 그 시간에 택시가 내 앞에 섰다는 대단한 사실 때문에, 택시

내부를 확실히 보기까지는 시간이 좀 걸렸다. 그러나 택시를 타자마자 무엇인가 이상한 것이 느껴졌는데, 그것은 개인택시 소유자의 자부심을 넘어서는 어떤 것이었다.

내가 있는 시부야의 술집 닫는 시간의 도로정체에 갇혀 있는 동안 머릿속에 어떤 이미지가 떠올랐다. 그것은 택시라기보다는 잉어의 성지였다. 택시는 잉어의 그림과 사진과 우화로 도배되어 있었다. 뒷좌석에는 금색 액자에 담긴 잉어 유화 두 점이 있었다. 양쪽 문 옆에 하나씩 말이다.

택시 안에서는 잉어들이 사방에서 헤엄치고 있었다.

"잉어군요." 운전기사가 알아듣기를 희망하며 내가 영어로 말했다. 일본말로 잉어가 뭔지 몰랐기 때문이었다.

"하이." 그가 일본어로 "네"라고 말했다. 그러나 나는 어쩐지 그가 지구상의 모든 언어로 잉어를 말할 수 있다는 느낌이 들었다. 빙하만 있고 잉어가 없는 에스키모어로도. 그 택시기사는 정말로 잉어를 좋아했다.

나는 그를 자세히 바라보았다.

그는 행복하고 유쾌한 사람이었다.

나는 일본어로 잉어가 행운을 의미한다는 것을 기억해냈다. 나는 사랑에 빠진 커플들 사이를 요리조리 빠져나가는, 움직이는 잉어의 성지에 타고 있었는데, 그럴싸했다. 우리 주위의 젊은이들이 쾌락과 정열을 찾아 쌍쌍이 택시를 타고 가고 있었고, 나는 행운의 부적처럼 그들 사이를 헤엄치고 있었으니까.

고기

한 남자가 고기를 노려보고 있다. 그는 너무 강렬하게 고기를 바라보고 있어서, 그의 주위는 즉시 신기루의 그림자가 되었다.

그는 결혼반지를 끼고 있었다.

그 남자는 육십 대처럼 보인다.

그는 옷을 잘 입고 있다.

그가 왜 고기를 노려보고 있는지는 알 수 없다.

그 옆 보도로 사람들이 걸어간다. 그는 그것을 눈치 채지 못한다. 어떤 사람들은 그를 피해 돌아간다.

그의 유일한 관심사는 고기이다.

그는 움직이지 않는다. 팔은 옆에 있고, 얼굴에는 아무런 표정이 없다.

그는 커다란 고기가 통째로 갈고리에 달려 있는 정육

점 냉장고를 열린 문을 통해 노려보고 있다.

고기 덩어리는 차갑고 붉은 도미노처럼 늘어서 있다.

나는 그를 지나친 후, 몸을 돌려서 그를 바라보며 그가 왜 거기 서 있는지를 알아내려고 한다. 나는 다시 돌아서서 그를 지나치면서 그가 무엇을 바라보고 있는지를 알아내려고 한다.

그가 바라보는 뭔가가 있을 텐데, 나는 그것을 알 수가 없다.

거기에는 고기밖에 없었다.

우산

나는 비에 젖는 것을 개의치 않기 때문에 우산에 대해서는 잘 모른다. 우산은 내게 언제나 미스터리인데, 그 이유는 그것들이 비가 오기 직전에만 나타나기 때문이다. 다른 때에는 마치 존재하지 않는 것처럼 사라진다. 어쩌면 우산들은 도쿄 지하의 작은 아파트에 모여 사는지도 모른다.

비가 오려는 것을 우산들은 알고 있을까? 내가 알기로 사람들은 모르는데. 기상 예보관이 내일 비가 온다고 했는데, 비가 안 오면 우산을 찾아볼 수 없다. 반대로 기상 예보관이 내일은 해가 뜬다고 했는데도 사방에 우산들이 보이면 곧 비가 쏟아지기 시작한다.

이 우산들은 과연 누구인가?

캐나다에서의 죽음

오늘 도쿄에서는 아무런 할 말이 없다. 오늘 나는 모두
가 지루해서 더 이상 기도를 할 수도 없는 수도승들이, 나
중에는 다 죽었겠지만 다른 삶을 찾아서 버리고 간, 잡초
가 무성한 수도원 부엌의 녹슨 칼처럼 무딘 기분이다.

얼마 전에 캐나다에서는 자다가 죽은 사람이 있었다.
그것은 아주 쉬운 죽음이었다. 그저 다음 날 일어나지 않
은 것이다. 그런 사람들의 죽음은 1억 1400만 명의 일본
인 중 그 누구도 모를 것이기 때문에 일본의 일상에 아무
런 영향을 끼치지 않을 것이었다.

그 캐나다인의 시체는 모레, 장지에 묻히게 된다. 누가
봐도 그것은 조촐한 장례가 될 것이다. 목사도 자기 설교
에 집중할 수 없을 것이다. 그는 그 설교보다는 다른 일을
하고 싶어할 것이다.

그는 아마도 몇십 센티미터 떨어진 곳에 있는 싸구려 관에 누워 있는 그 시체에게 화가 날 것이다. 그의 목소리는 지루하겠지만, 한편으로는 그 시체의 멱살을 잡고, 나쁜 짓을 한 어린아이에게 하듯이 마구 흔들고 싶을 것이다. "우리 모두는 태어나면서부터 고난의 여행을 하는 연약한 육신입니다." 그는 멱살을 쥐고 싶은 손을 겨우 달래며, "죽음을 향해"라고 말할 것이다.

그리고 몇 시간 후면, 그 목사는 늘 잠가놓는 서재에 들어가 몰래 셰리주를 마실 것이다.

이 모든 것은 일본과는 아무런 상관이 없다. 아무도 모를 것이기 때문이다.

오늘 저녁 누군가가 교토에서 자다가 죽을 것이다. 침대에서 뒤척이다가 죽을 것이다. 그들의 몸은 서서히 식어갈 것이고, 캐나다는 그를 조문하는 날을 선포하지 않을 것이다.

가을 송어 모임

낚시를 갈 시간이다.

몬태나의 10월이 되었다. 그동안 나는 일본에 가 있었지만 이제 로키산맥으로 돌아왔다. 이 글을 쓰면서 나는 다시 그 단어에 대해 생각한다. 나는 그것이 '비'라는 단어와 사촌이라고 생각한다. 그것들은 서로 많이 닮았다. 비가 시작되면 언제나 몇 분, 몇 시간, 며칠 동안 계속되었다.

가을 낚시를 하려면 새로운 허가증과 낚싯밥, 낚시 목줄이 필요했다. 그래서 나는 낚시 상점으로 가서 다시 낚시꾼이 되었다.

나는 낚시 상점을 좋아한다.

그곳은 어린 시절의 낭만의 성당과도 같다. 왜냐하면 상상 속에서 지구상의 마지막 물방울까지도 낚아내며 수천 시간을 그곳에서 강과 호수에 낚싯대를 드리우고 물고기를 잡는 광경을 상상하기 때문이다. 다음 날, 나는 낚시 갈 준비가 되었다. 나는 하천에 가서 드리울 228센티미터짜리 낚싯대를 골랐다.

나는 엉덩이까지 올라오는 낚시장화와 낚시 조끼를 입었다.

나는 갖고 가는 파리를 낚싯밥으로 사용할 생각이다. 내 일본인 아내는 내가 열심히 낚시도구를 챙기는 것을 무심히 바라본다.

내가 낚시를 떠날 준비가 되자 그녀가 말한다.

"크리넥스 갖고 가는 것 잊지 마요."

"뭐라고?" 내가 물었다. 왜냐하면 지난 한 세기의 삼분의 일 년간 낚시를 해왔지만 크리넥스가 필요한 적은 한 번도 없었기 때문이다.

"크리넥스 갖고 가라고요."

"왜?"

나는 명백히 방어적이었다. 전에는 한번도 없었던 일이라 그런 것이었다.

"재채기를 할지도 모르잖아요."

나는 생각을 해봤다.

그녀의 말이 맞았다.

하모니카 고등학교

어쩔 때, 잠시 내 지성의 나뭇가지에 행복한 표정의 새가 울다가 날아가듯이, 갑작스럽고 매혹적인 상념에 사로잡힐 때가 있다. 그런 순간은 잠시 날아간 새처럼 늘 다시 돌아온다.

다시 말해, 나는 하모니카 고등학교를 생각하고 있는 것이다!

나는 지금 학생들, 교사들, 교장과 학교식당의 요리사까지 누구나 하모니카를 부는 학교에 대한 백일몽에 빠져 있다.

누구나 수업 시작부터 방과 후까지 하모니카를 부는 곳. 하모니카 고등학교는 하모니카 연주만 가르치는 행복한 곳이다. 방과 후에 학생들은 하모니카 숙제를 갖고 집으로 돌아간다.

하모니카 고등학교에는 미식축구팀도 농구팀도 야구팀도 없다. 거기에는 늘 도전을 받지만 한번도 진 적이 없는 하모니카 팀만 있다.

9월 학기가 시작되는 첫날, 신입생들은 하모니카를 지급받고, 학기 말에 졸업하는 3학년들은 그들의 수료증인 하모니카를 갖고 떠난다.

하모니카 고등학교 주위에는 아름다운 녹색의 나무들이 자라고 있다. 9월부터 다음 해 6월까지 나뭇잎 사이로 하모니카 순풍이 불고, 멀리서도 학교에서 들려오는 그 소리를 들을 수 있다.

그것은 오직 하모니카 고등학교에서만 가능한 색다른 개념의 교육이다.

겨울 방학

마을까지 운전하기

무덤은 먼지 날리는 바람이 되어 부드럽게 우리 앞에 있는 길을 건너갔다. 하지만 두려워할 건 없다. 그것은 다만 전형적인 몬태나의 겨울날씨가, 쌓인 눈 위로 튀어나와 있는 플라스틱 조화가 보이는 묘지 위를 지나가는 것뿐이니까.

그 공동묘지는 비석이나 십자가가 없는 현대식이었다. 냉장고처럼 효율적으로 디자인된 평평한 금속 표지판이 땅에 꽂혀 있었고, 묘지라는 것을 나타내는 유일한 것은 플라스틱 조화뿐이었다. 먼지 섞인 바람이 무덤을 드러내고 도로를 어루만지고 있었다. 산에서 불어오는 바람이 무덤의 엄숙한 분위기를 사라지게 해줬다.

운전해서 지나가기

내 생각에 묘지는 닻과 항구와 항해 계획과 조용한 짐으로부터 자유로워진 것이 기뻐서 들떠 있는 것처럼 보였다.

무덤은 금년 겨울에 자유로웠고 행복했다.

목적

일요일 밤에 전화벨이 울릴 이유가 없는데도 전화벨은 계속 울리고 있다.

커피숍은 문을 닫았다.

그곳에서는 커피를 컵이 아니라 파운드로 팔았다. 그래서 거기 앉아서 커피를 마시면서 전화를 기다리는 사람은 아무도 없었다.

그곳은 커피콩을 볶아주거나 원하는 대로 갈아주는 곳이었고, 당신이 커피나 커피콩에 원하는 것을 제공해줬다. 당신은 아마도 셰익스피어를 좋아하는지도 모른다. 다른 사람들은 로럴과 하디를 좋아하는지도 모르고.

하지만 전화벨은 계속 울리고 있다.

안에는 커피 볶는 기계 외에는 아무도 없었는데, 그 기계는 커피콩을 볶는 것과는 아무런 상관이 없고 중세의 어떤 의식, 9세기의 어떤 것을 하는 것처럼 보였다.

근처에는 볶이기를 기다리고 있는 커피콩 자루들이 있었다. 그것들은 아프리카와 남아메리카처럼 머나먼 신비스러운 곳에서 왔다. 하지만 계속 울리는 전화벨만큼 이상한 것은 아니었다. 그 상점은 오후 6시에는 문을 닫았다.

토요일.

지금은 새벽 2시이다.

일요일.

전화벨은 계속 울리고 있다.

누가 거는 걸까? 월요일 아침 8시까지 아무도 받지 않는 전화벨 소리를 들으면 무슨 생각을 하게 될까? 전화를 건 사람은 앉아 있을까, 서 있을까? 남자일까, 여자일까?

적어도 한 가지는 알 수 있다. 그들은 할 일을 찾은 것이다.

잊을 수 없는 그녀의 슬픈 "땡큐"

그녀는 내 마음에서 떠나지 않을 것이다. 내가 떠나지 않게 할 것이다. 나는 그녀를 영원히 잃어버리지 않을 것이다. 왜냐하면 만일 그녀에게 가족이나 친구가 있다면, 나는 그들만큼이나 그녀를 아끼는 몇 안 되는 사람 중 하나이기 때문이다.

나는 2억 1800만 미국인 중 유일하게 그녀를 아끼는 사람이다. 소련이나 중국 혹은 프랑스나 아프리카 대륙의 그 누구도 나처럼 그녀를 아끼지 않는다. 나는 신주쿠에 있는 집에 가기 위해 하라주쿠 역에서 야마노테 선 전철을 기다리고 있었다. 플랫폼 맞은편에는 푸릇푸릇한 녹색 언덕이 있다. 도쿄에서는 언제나 기분 좋은 광경인 풍성한 덤불과 나무들과 진한 녹색의 풀밭이었다.

처음에 나는 그녀도 나처럼 플랫폼에서 열차를 기다리

고 있다는 것을 눈치 채지 못했다. 비록 그녀가 바로 내 옆에 있다는 것은 느끼고 있었지만. 사실은 그래서 내가 이 이야기를 쓰는 것이다.

야마노테 선 전철이 도착했다.

기차는 녹색이었지만, 푸릇푸릇하지는 않았다. 역 옆의 언덕처럼 열대 지방의 짙은 녹색이었다. 기차는 낡았다. 기차는 무한한 미래가 앞에 놓여 있던 젊은 시절이 지나고, 이제는 모든 것을 뒤로한 노인의 꿈처럼 희미하고 낡았다.

우리는 열차에 탔다.

빈 좌석이 없어서 우리는 서서 갔다. 그러다가 나는 옆에 그녀가 서 있다는 것을 눈치 챘다. 그녀가 보통 일본 여자보다 키가 큰 170센티미터 정도였기 때문이었다.

그녀는 소박한 흰색 옷을 입었고, 그녀 주위에는 고요한 슬픔 같은 것이 느껴졌다.

그녀의 슬픔과 큰 키가 내 시선을 끌었다. 신주쿠까지 가는 육칠 분 동안 그녀는 내 마음속으로 들어왔고, 이제는 영원한 자리를 차지하게 되었다.

다음 정거장에서 내 앞에 앉아 있던 남자가 일어나서 좌석이 비었다. 나는 그녀가 내가 앉기를 기다리는 것을 느끼고 있었지만, 앉지 않았다. 나는 거기 서서 그녀가 앉기를 기다리고 있었다. 우리 주위에 서 있는 다른 사람은 없었기 때문에, 내가 그녀에게 자리를 양보하는 것은 누가 봐도 명백했다.

나는 속으로 생각했다. **제발 앉아요. 저는 당신이 앉기를 원해요.** 그러나 그녀는 계속 빈자리를 바라보며 내 옆에 서 있었다. 내가 막 빈자리를 가리키며 그녀에게 일본어로 '제발'을 뜻하는 말인 '도조'라고 말하려고 했을 때, 빈자리 옆에 앉아 있던 남자가 자리를 옆으로 옮기더니 자기 자리를 그녀에게 권했다. 그녀는 앉으면서 나에게 영어로 '땡큐'라고 말했다. 빈자리가 생기고 그녀가 그 옆에 앉기까지, 불과 이십 초 만에 일어난 일이었다.

이 복합적인, 조그만 삶의 발레동작은 내 마음에 커다란 반향을 일으켰다. 그것은 마치 해저 층을 가르고 인도처럼 수천 킬로미터 떨어진 데서 가장 가까운 해안을 향해 해일을 일으키는 대지진이 일어나는 동안 태평양 바닥에 잠겨 있는 종이 내는 종소리 같았다.

그 종소리는 그녀가 말한 '땡큐'가 일으킨 결정적인 슬픔을 싣고 울렸다. 그 두 단어가 그토록 슬프게 들린 적은 없었다. 그녀가 처음 그 말을 했을 때의 지진은 물러갔지만, 이제는 수백 개의 여파가 나를 사로잡았다.

땡큐, 땡큐, 땡큐, 땡큐, 땡큐, 땡큐, 땡큐, 땡큐. 내 마음속에서 그 충격은 계속 이어졌다. **땡큐, 땡큐, 땡큐, 땡큐, 땡큐, 땡큐, 땡큐, 땡큐.**

나는 신주쿠 역에 도착할 때까지 거기 앉아 있는 그녀를 바라보았다. 그녀는 책을 꺼내 읽고 있었다. 그게 무슨 책인지는, 철학책인지 값싼 연애소설인지는 알 수 없었다. 그녀의 지성의 깊이는 알 수 없었지만, 책을 읽고 있는 덕분에 나는 그녀를 불편해하지 않게 하면서 계속 바라볼 수 있었다.

그녀는 단 한번도 고개를 들지 않았다.

그녀는 별로 비싸 보이지 않는 흰 드레스를 입고 있었다. 그 옷은 비쌀 필요가 없어 보였다. 디자인은 아주 심플했으며, 바느질이나 질감으로 보아 옷감도 비싸 보이지 않았다. 그 드레스는 유행과는 아무 상관 없이 아주 평범했다.

그녀는 세일하는 구두를 모아놓은 통에서 꺼낸 것 같은, 아주 값싼 플라스틱 구두를 신고 있었다.

그녀는 색이 바랜 핑크색 양말을 신고 있었다. 그것은 나를 슬프게 했다. 나는 전에는 양말을 보고 슬퍼해본 적이 없지만, 그녀의 양말은 나를 진짜로 슬프게 했다. 비록 그 슬픔이 '땡큐'라고 말할 때의 그녀의 슬픔의 백만분의 일밖에 안 되는 슬픔이었지만. 그녀의 감사인사에 비하면 그 양말은 차라리 내 인생에서 가장 행복한 날과도 같았다.

그녀가 몸에 지닌 유일한 보석은 조그맣고 붉은 플라스틱 반지였다. 그것은 과자상자에 들어 있는 사은품처럼 보였다.

그녀에게는 책이 담겼던 손가방이 있어야 했다. 앉을 때 책을 손에 들고 있지 않았고, 그녀의 옷에도 주머니는 없었기 때문이다. 하지만 나는 그녀의 손가방을 본 기억이 없다. 내가 그렇게 생각할 수밖에 없어서 그랬던 건지도 모른다.

모든 살아 있는 것에는 한계가 있다.

그녀의 손가방은 내 삶의 한계 너머에 존재하고 있었다.

나이와 외모로 보아 그녀는 일본 여자치고는 큰 키인 170센티미터에, 열여덟 살에서 서른두 살 사이 같았다. 일본 여자의 나이는 참으로 알기 어렵다.

그녀는 젊고 슬펐다. 어디로 가는지도 알 수 없었고, 내가 신주쿠 역에서 내릴 때까지도 여전히 그곳에 앉아서 책을 읽고 있었다. 그러나 그녀의 '땡큐'는 유령처럼 영원히 내 마음에 반향을 일으킬 것이었다.

허가 없는 사냥 금지

1978년 10월 21일

어제 나는 아무것도 하지 않았다. 그것은 마치 잡초가 무성한 공터에 백 년 후에나 세워질 극장과 그곳에서 공연할 배우들의 증조할아버지들이 아직 태어나기도 전에 미리 쓰는 연극 대본과도 같았다. 만일 내가 일기를 쓰는 사람이라면, 어제는 다음과 같이 썼을 것이다.

일기에게. 오늘 나는 사냥 금지 팻말을 세웠다. 왜냐하면 사냥철은 내일부터인데, 뭘 모르는 외지인이 루이지애나 번호판을 단 밴을 타고 와서 내 뒷마당에서 무스를 쏘는 것을 원치 않았기 때문이다.

나는 파티에도 갔다. 나는 기분이 별로여서 다섯 개의 지루한 문장을 마흔 명의 순진한 사람들에게 똑같이 지껄였다. 파티에 온 사람들을 다 만나기까지는 세 시간이나 걸렸고, 문장들 사이에는 기나긴 휴지休止가 있었다.

문장 하나는 남북전쟁 당시 북부에 관한, 앞뒤가 맞지 않는 내용이었다. 나는 인플레이션을, 몬태나의 전통적인 날씨 패턴 대신 캘리포니아의 변덕스러운 날씨 패턴에 비유해 말했다.

내 말은 아무 의미가 없어서, 말이 끝났을 때 이에 대해 언급하는 사람은 아무도 없었다. 어떤 사람들은 와인을 더 가져와야겠다며 자리를 떴는데, 사실 그들의 잔에는 와인이 아직 많이 남아 있었다.

나는 또 우리 집 부엌 창밖으로 뒷마당에 있는 무스를 보았다고 말했다. 그러고는 더 이상 설명하지 않았다. 그들이 내가 무스에 대해 더 말하기를 참을성 있게 기다리는 동안, 나는 그들을 바라보기만 했다.

작은 체구의 나이 많은 여자가 화장실에 가야겠다면서 자리를 떴다. 그러고는 파티에서 내가 근처에만 가도 그 여자는 갑자기 옆 사람과 필사적으로 이야기를 하기 시작했다.

내가 무스 이야기를 꺼내자 한 남자가 물었다. "어제 말씀하신 그 무스 말인가요?" 나는 조금 충격받았다는 표정을 지었고, 이어서 "예"라고 대답했다. 그 충격의 표정은 점차 고요한 당혹감으로 바뀌었다.

내 정신이 이상해진 것 같다. 두뇌가 폐차장이 된 것 같다. 내 머릿속에는 녹슨 깡통이 에베레스트만큼 쌓여 있고, 내 양쪽 귀 사이에는 수백 대의 폐차가 있는 것 같다.

나는 파티에 세 시간 있었다. 비록 한 문장으로 된 무스 이야기가 일 광년에 가까워 보였지만.

그러고는 집으로 와서 텔레비전으로 〈판타지 아일랜드〉를 보았다.

불안정한 정신을 가다듬기 위한, 일종의 최후의 보루로서 나는 광고시간에 캘리포니아에 있는 친구에게 전화를 걸었다. 광고가 나오는 동안 우리는 아주 조용히 대화를 나눴다. 그 정도로 친구는 나와 이야기하는 데 흥미가 없었고, 다른 일을 하고 싶어했다.

모래 늪에 빠진 것처럼 우리가 겨우 대화를 이어가는 동안, 나는 그가 통화를 끝내면 무엇을 할지 궁금해졌다. 아마도 술을 한잔하거나 이야기하고 싶은 친구에게 전화해서 내가 얼마나 지루해졌는지를 말할지도 모른다.

1600킬로미터나 떨어진 곳에서 나누던 대화를 끝내면서 나는 이렇게 말했다. "나는 낚시질하고 글을 써. 이번 주에는 단편들을 썼지."

"아무도 관심 없거든." 사실 내 친구 말이 맞았다.

나는 우리 집 뒷마당에서 본 무스 이야기를 하려다가 마음을 바꾸었다. 다음번에 이야기해야지. 지금 최고의 이야기를 해줄 필요는 없지. 사람은 미래도 생각해야 하니까.

개점(開店)

한때 그녀는 중국음식점을 갖고 있었는데, 그러기 위해서 정말 열심히 일했다. 그녀는 돈을 버는 데 일생을 바친 것 같았다. 그녀가 음식점을 연 곳은 원래는 레스토랑이 아니었고 노인들을 상대하는 이탈리아 옷가게였기 때문에, 그녀는 모든 것을 처음부터 새로 시작해야만 했다. 고객들이 모두 늙어서 죽자 그 옷가게는 문을 닫았다.

그러자 그곳에 그 여자가 와서 중국음식점을 열었다. 그녀는 칙칙한 검은 정장들을 볶음밥과 초면으로 바꾸었다.

그녀는 한때는 미인이었을, 작은 체구의 중년 중국 여자였다. 그녀는 음식점을 혼자 꾸몄다. 그곳은 중국 중하층민의 가치관을 드러내는 조그맣고 안락한 세상이었다. 거기에는 밝고 기분 좋은 중국식 등불, 새가 그려진 족자, 홍콩에서 가져온 장식품들이 있었다.

그녀는 음식점의 모든 것을 처음부터 시작해야 해서, 천장을 낮추었고 벽에 판자를 대었으며 바닥에 카펫을 깔았다. 주방을 새로 만들어야 했고, 화장실도 두 개를 새로 만들어야 했는데, 어느 것 하나 싸게 하지 않았다.

그녀는 평생 모은 돈을 그 음식점에 쏟아부었고, 그래서 장사가 잘되기만을 바랐다. 하지만 안타깝게도 잘되지 않았다. 음식점이 왜 망했는지는 아무도 몰랐다. 그녀는 사람들이 많이 지나다니는 장소에 좋은 음식을 저렴한 가격에 파는 음식점을 열었지만, 웬일인지 사람들은 그곳에서 먹으려고 하지 않았다.

나는 일주일에 두 번 정도 거기에 갔고 그녀와 친구가 되었다. 그녀는 아주 좋은 여자였다. 나는 그 음식점이 서서히 망해가는 것을 보았다. 내가 그곳에서 식사할 때 어쩔 때에는 두세 명이 있었고, 어쩔 때에는 아무도 없었다.

나중에 그녀는 문 쪽을 자주 바라보았다. 그녀는 텅 빈 테이블 사이의 텅 빈 테이블에 앉아서 결코 들어오지 않을 손님들을 기다렸다.

그녀는 내게 말하곤 했다. "정말 모르겠네요. 여긴 좋은 음식점이고, 밖에는 많은 사람들이 걸어 다니고 있는데요. 이해가 안 가요."

이해가 안 가기는 나도 마찬가지였다. 나는 점점 그녀

의 그림자가 되었고, 그곳에서 식사할 때면 손님이 오길 바라며 문간을 바라보곤 했다.

그녀는 '개점'이라고 쓴 큰 표지를 문 밖에 붙여놓았다. 하지만 이미 때는 늦었고, 그것은 전혀 도움이 되지 않았다.

나는 몇 달 동안 일본에 다녀왔다. 돌아와보니 음식점은 문을 닫았다. 그녀는 거미줄이 쳐진 문간을 바라보면서 시간을 다 보낸 것이었다.

그 후 이 년 동안 나는 그녀를 보지 못했다가 어느 날 거리에서 그녀를 만났다. 우리는 인사를 나누었고, 그녀가 내 안부를 묻길래 "잘 지내지요"라고 대답했다. 그러자 그녀는 자기도 잘 지낸다고 말했다. "난 음식점을 잃었어요." 그녀가 덧붙였다.

그러고는 돌아서서 두 블록 떨어져 있는 거리에 튀어나와 있는, 시커먼 바탕에 쓰인 네온사인을 손가락으로 가리켰다. 네온사인에는 '애덤스 앤 화이트 시체안치소'라고 쓰여 있었다.

"음식점이 망한 후부터 전 애덤스 앤 화이트에서 일하고 있어요." 그녀의 목소리는 절망적이었다. 갑자기 그녀는 악몽에서 막 깨어나 현실과 악몽을 구분하지 못하는 조그만 어린아이처럼 보였다.

집에는 거미들이 산다

가을이 되었다. 집에는 거미들이 산다. 그것들은 추위를 피해서 집 안으로 들어온다. 겨울을 집에서 나고 싶은 것이다. 그것들을 나무랄 수는 없다. 밖이 춥기 때문이다. 나는 거미를 좋아해서 환영한다. 거미는 아무래도 괜찮다. 어렸을 때부터 나는 거미를 좋아했다. 대신에 다른 것들, 예컨대 소꿉친구들을 두려워했다. 그러나 거미는 아니었다.

왜냐고?

나도 모른다. 그냥 그렇다. 아마도 나는 전생에 거미였는지도 모른다. 그게 무슨 상관인가. 밖에서 바람이 몰아칠 때, 거미들은 우리 집에서 편하게 산다. 거미는 남을 괴롭히지 않는다. 만일 내가 파리라면 그렇게 생각하지 않겠지만, 나는 파리가 아니니까.

……바람으로부터 보호받는 착한 거미들일 뿐.

아주 좋지만 죽은 친구들

어느 날, 그는 살아 있는 좋은 친구보다 죽은 좋은 친구들이 더 많다는 것을 깨닫는다. 그 생각을 처음 했을 때, 그는 자기가 맞는지 보려고 마음속에서 전화번호부 페이지를 넘기듯 친구들의 생사를 확인해봤다.

그가 옳았다. 그는 어찌해야 좋을지 몰랐다. 처음에는 슬펐다. 그러나 서서히 별거 아니라는 생각이 들었고, 기분이 좋아졌다. 마치 바람이 심한 날 바람을 의식하지 않듯이.

마음이 다른 곳에 가 있으면,

그곳에 바람은 없다.

390장의 크리스마스트리 사진으로
무엇을 하려고 하는가?

나도 모른다. 그러나 1964년 1월 첫째 주에는 그렇게 해야 할 것 같았다. 두 사람이 합세했고, 그중 한 사람은 이름을 밝히기 싫어해서 그렇게 했다.

우리는 아직도 케네디 대통령 암살의 충격에서 벗어나지 못하고 있었다. 아마도 이 모든 크리스마스트리 사진은 그 사건 때문인지도 모르겠다.

1963년 크리스마스는 끔찍했다. 12월은 미국의 모든 국기가 매주 조기로 내걸렸고, 슬픔의 터널 같았다.

나는 멕시코에 있는 사람들의 새장을 돌봐주는 일을 하는 이상한 아파트에서 혼자 살고 있었다. 나는 매일 새들에게 모이를 주었고, 물을 갈아줬으며, 새장을 청소할 때 쓸 작은 진공청소기도 가지고 있었다.

나는 크리스마스 저녁을 혼자 먹었다. 핫도그와 콩을

먹으며 콜라를 넣은 럼주를 마셨다. 쓸쓸한 크리스마스였고, 케네디 대통령 사건은 내가 매일 모이를 주어야 하는 새들 중 한 마리처럼 당혹스러웠다.

내가 이런 이야기를 하는 유일한 이유는, 390장의 크리스마스트리 사진에 대한 일종의 심리적 배경을 설명하기 위해서이다. 충분한 동기 없이는 그런 짓을 하지 않기 때문이다.

어느 날 저녁, 나는 노브 힐에 있는 친구들을 만나고 돌아오는 길이었다. 우리는 사자처럼 대담해질 때까지 커피를 마셔댔다.

나는 자정쯤에 고요하고 어두운 거리를 걸어 집으로 돌아오다가 소방전 옆에 버려진 크리스마스트리를 발견했다.

그 트리는 장식물 하나 걸리지 않은 채 전투에서 패배하고 죽은 병사처럼 누워 있었다. 일주일 전만 해도 트리는 일종의 영웅이었을 것이다.

그러다가 나는 주차된 자동차 밑에 반쯤 깔려 있는 또 다른 크리스마스트리를 보았다. 누군가가 거기에 트리를 버렸는데, 모르고 차를 주차한 것이다. 그 나무는 아이들의 사랑과 관심에서 멀어졌다. 가지 중 일부는 차의 범퍼를 뚫고 삐져나와 있었다.

그때쯤이면 샌프란시스코 사람들은 거리나 공터 혹은 버릴 수 있는 데라면 아무데나 크리스마스트리를 내다버리곤 했다.

　버림받은 슬픈 트리들은 내 양심을 자극했다. 그것들은 그해의 암살당한 크리스마스에 공헌했지만, 이제는 버림받아 건달처럼 거리에 누워 있는 신세가 되었기 때문이다.

　새해가 시작되는 시간에 집으로 걸어오면서 나는 버려진 트리를 열두 개쯤 보았다. 현관문을 열고 막 트리를 버리는 사람들도 있었다. 내 친구 중 하나는 12월 26일 거리를 걷다가 크리스마스트리가 그의 귀 옆으로 날아가고 문이 닫히는 소리를 들었다. 그는 거의 죽을 뻔했다.

　다른 사람들은 보다 더 능숙하고 은밀하게 트리를 버렸다. 그날 저녁 나는 누군가가 몰래 크리스마스트리를 내놓는 것을 본 것 **같았다**. 하지만 조용하지는 않았다. 그들은 스칼렛 핌퍼넬*처럼 모습이 보이지 않았지만, 나는 트리를 내놓는 소리를 들은 것 **같았다**.

　내가 코너를 돌자 길 한가운데에 트리가 버려져 있었고 주위에는 아무도 없었다. 무엇이든 교묘하게 잘 처리

---

*　복면을 쓴 영웅 캐릭터. 1903년 영국 소설가 바로네스 옥시가 쓴 동명의 희곡 주인공이다.

하는 사람들은 있는 법이다.

집에 도착하자 나는 20세기의 이상한 에너지를 가진 사진사 친구에게 전화를 걸었다. 시간은 거의 새벽 1시였다. 나는 그를 깨웠고, 그의 목소리는 잠에서 도망쳐 나온 피난민 같았다.

"누구세요?" 그가 물었다. "크리스마스트리야." 내가 말했다.

"뭐라고요?"

"크리스마스트리."

"너, 리처드지?"

"그래."

"트리가 어쨌다는 거야?"

"크리스마스는 경박해. 거리에 버려진 크리스마스트리 사진을 수백 장 찍으면 어떨까? 트리를 내다버린 사람들에게 크리스마스의 절망과 유기를 보여주는 거지."

"그렇게 하지. 내일 점심 때 시작할게."

"죽은 병사를 찍는 것처럼 그것들을 찍어봐. 만지거나 포즈를 만들지 말고 쓰러진 그대로 말이야."

다음 날 점심시간에 그는 크리스마스트리 사진을 찍었다. 메이시스 백화점에서 시작해서 노브 힐과 차이나타운까지 올라가 트리 사진을 찍었다.

1, 2, 3, 4, 5, 6, 7, 8, 9, 11, 14, 21, 28, 37, 52, 66.

그날 저녁, 나는 그에게 전화했다.

"어떻게 나왔어?"

"멋있게 나왔지."

다음 날 그는 더 많은 크리스마스트리 사진을 찍었다.

72, 85, 117, 128, 137.

나는 저녁에 또 그에게 전화했다.

"어떻게 나왔어?"

"더 이상 좋을 수가 없어." 그가 말했다. "거의 150장쯤 찍었어."

"계속해." 주말에 타고나갈 차편을 알아보면서 내가 말했다. 더 멀리 나가서 크리스마스트리 사진을 찍으려고.

나는 우리가 버려진 크리스마스트리로 샌프란시스코가 보여줄 수 있는 또 다른 것을 찾아냈다고 생각했다.

다음 날 우리를 태우고 돌아다닌 사람은 자기 이름은 밝히지 말아달라고 부탁했다. 그날 우리와 같이 일한 것이 드러나면 직장을 잃을 수도 있고 경제적, 사회적 난관에 봉착할 수도 있다는 이유였다.

다음 날 아침부터 우리는 샌프란시스코 전체를 돌며 버려진 크리스마스트리 사진을 찍었다. 그것은 멋진 세 혁명가의 프로젝트였다.

142, 159, 168, 175, 183.

우리는 차를 차고 돌아다니면서 퍼시픽 하이츠의 멋진 집 마당에 버려진 트리도 찍었고, 노스 비치의 이탈리아 식료품점 옆에서도 사진을 찍었다. 트리가 보이면 우리는 갑자기 차에서 내려 여러 각도로 사진을 찍었다.

샌프란시스코 사람들은 우리가 미쳤다고 생각했을 것이다. 차를 타고 지나가는 운전자들에게 우리는 전형적인 구경거리였다.

199, 215, 227, 233, 245.

우리는 포트레로 힐에서 개를 산책시키는 비트 시인 로런스 펄링게티도 만났다. 그는 우리가 차에서 튀어나와 도로의 경계에 쓰러져 있는 크리스마스트리 사진을 찍는 것을 보았다.

277, 278, 279, 280, 281.

지나가면서 그가 물었다. "크리스마스트리 사진을 찍나 보네?"

"그런 셈이죠." 그렇게 말하면서 우리 모두는 편집증적으로 생각했다. **그가 우리가 하고 있는 일의 의미를 알까?** 우리는 비밀로 하고 싶었다. 우리는 대단한 일을 하고 있고, 완성될 때까지는 신중해야만 했다.

그날이 지나자 우리가 찍은 크리스마스트리 사진은

300장이 넘었다.

"이제 충분하지 않아?" 밥이 말했다.

"아냐. 조금 더 찍어야 해." 내가 말했다.

317, 332, 345, 356, 370.

"이제 됐지?" 밥이 말했다.

우리는 샌프란시스코를 가로질러 버클리의 텔레그라프 애비뉴에 도착해 부서진 층계를 내려가 누군가가 담 너머로 크리스마스트리를 버린 공터로 나갔다. 그 트리에는 성 세바스찬과 그 화살* 같은 순결함이 있었다.

"몇 장 더 찍어." 내가 말했다.

386, 387, 388, 389, 390.

"이제는 충분해." 밥이 말했다.

"그런 것 같아." 내가 말했다.

우리는 모두 행복했다. 그게 1964년의 첫 주에 일어난 일이다. 당시는 미국이 이상한 시기였다.

---

* 로마군 장교인 성 세바스찬은 기독교를 믿다가 화살형을 받고 순교했다.

태평양

오늘 나는 신주쿠 역 승강장에서 야마노테 선 전철을 기다리면서 태평양에 대해 생각했다.

내가 왜 스스로를 집어삼키는 태평양을 생각했는지 모르겠다. 스스로를 삼키면서 점점 작아져 로드아일랜드 크기로 줄었는데, 그래도 계속 스스로를 삼켜서 점점 더 작아지고, 끝없이 더 삼켜서 점점 더, 더 작아지면서 무거워지다가 마침내는 무게가 거의 안 나가는 물방울로 축소된 태평양을.

나는 태평양을 초코바 포장지로 덮어두고 승강장을 떠났다.

또 하나의 텍사스 유령 이야기

그녀는 손으로 부드럽게 그의 머리를 빗어주고 있다. 그녀는 손으로 그의 얼굴을 부드럽게 어루만지고 있다. 이것은 유령 이야기이다. 이 이야기는 1930년대 초 어느 날 밤, 서부 텍사스의 어느 시골에 있는, 여러 사람들이 살고 있는 커다란 집에서 시작해서 1970년 중년들의 피크닉에서 끝난다.

그녀는 그의 침대 옆에 서 있다. 그는 열다섯 살이고 잠들어 있다. 그녀는 문을 열고 그의 방으로 들어온다. 그녀가 문을 열 때 아무 소리도 나지 않는다. 그녀는 조용히 그의 옆으로 간다. 마루도 삐걱거리지 않는다. 그는 너무 졸려서 무서워하지도 않는다. 그녀는 아주 섬세한 나이트가운을 입은 나이 든 여자이다. 그녀는 그의 옆에 서 있다. 그녀의 머리는 허리까지 내려와 있다. 그녀의 머리는 한때 불 옆에서 그슬린 것처럼, 바랜 노란색이 섞인 흰색이다. 그게 바로 1890년대에 금발의 여인에게 남겨진 것이다. 그녀는 한때 남자들이 줄을 서서 따라다니던 서부 텍사스의 매력적인 여성이었을 것이다.

그가 그녀를 바라본다.

그는 그녀가 유령인 줄 알지만 너무 졸려서 무서워하지 않는다. 그는 하루 종일 열두 시간 동안 건초를 광에 집어넣었다. 그의 모든 근육은 기분 좋게 완전히 녹초가 되어 있었다.

그녀는 손으로 그의 머리카락을 부드럽게 어루만진다. 그녀의 손은 섬세해서 그는 두려워하지 않는다. 그리고 그녀는 손으로 그의 얼굴을 부드럽게 어루만진다. 그녀의 손은 따뜻하지 않지만 차갑지도 않다. 그녀의 손은 삶과 죽음 사이에 존재하고 있다.

그녀가 그를 보고 미소 짓는다. 그는 너무 피곤한 나머지 따라 미소 지을 뻔했다. 그녀가 방에서 나가자, 그는 잠이 든다. 그는 기분 좋은 꿈을 꾼다. 꿈은 부교浮橋처럼 그를 어머니에게 연결해주어서, 다음 날 아침 어머니가 그의 방문을 소리 나게 열고 "일어나! 아침은 식탁에 차려놓았다!"라고 소리 질렀다.

그는 조용히 부엌의 식탁에 앉아 있다. 그의 형제자매

들은 잡담을 하고, 아버지는 조심스럽게 커피를 마시면서 조용히 있다. 아버지는 심지어는 저녁식사 때에도, 손님이 와 있을 때에도 식탁에서 말이 없다. 우리는 이런 분위기가 익숙했다.

소년은 두터운 베이컨 조각과 버터로 스크램블한 계란을 할라피뇨 고추와 같이 씹으면서 유령에 대해 생각한다. 그는 할라피뇨를 아주 좋아한다. 매울수록 더 좋다.

그는 식탁의 그 누구에게도 유령 이야기를 하지 않는다. 그는 가족들이 자기를 미쳤다고 생각하지 않기를 바란다. 그래서 그는 몇 년 동안, 그 집에서 두 명의 누이와 두 명의 형제, 어머니와 아버지, 그리고 유령과 함께 살았다.

그녀는 일 년에 대여섯 번 그를 찾아왔다. 정해진 패턴은 없었다. 유령은 5월과 9월 그리고 7월 3일에는 오지 않았다. 그녀는 오고 싶을 때만 왔는데, 그게 일 년에 대여섯 번이었다. 그녀는 결코 그를 놀라게 하지 않았으며, 그를 사랑하는 것처럼 보였지만, 둘은 아무런 말도 하지 않았다.

그 당시 텍사스의 그 지방에서는 먹고사는 것이 쉽지 않았다. 그래서 아이들은 성장하면서 집을 떠났고, 그래서 그곳은 서부 텍사스에서 버려진 또 하나의 집이 되었다.

　누이 한 명은 휴스턴으로 갔고, 형제 한 명은 오클라호마시티로 갔으며, 또 다른 누이는 자동차 정비공과 결혼해서 뉴멕시코 주 라스베이거스에서 주유소를 운영했다.

　그의 아버지는 어느 날 오후 텍사스 주 샌앤젤로에서 심장마비로 죽었으며, 어머니는 언니가 근처에 살고 있는 텍사스 주 애빌린으로 갔다. 어머니의 오빠는 1943년 텍사스 주 애머릴로에서 공군으로 있었을 때 교통사고로 죽었다.

　그리고 그가 남았다. 그는 고등학교 시절 애인과 결혼해서 텍사스 주 브라운우드에서 살면서 삼 년 동안 사료 가게에서 일했다.

　그는 보병으로 징집되어 이탈리아에서 싸웠다. 그리고 1944년 노르망디 상륙작전 디데이에도 참가했는데, 다리에 포탄 파편을 맞아 가벼운 부상을 당했다. 독일 국경지대에서는 나치 무장친위대와의 전투 도중 부대원들이 너무 많이 죽어 상사로 승진했다.

　전장에서 돌아온 그는 지아이빌*에 따라 오스틴에 있는 텍사스 대학교에서 이 년 동안 경영학을 전공하다가 그

---

*　제대군인지원법(GI Bill).

만두었다. 이후 몇 년 동안 담배 판매원으로 일하다가 다시 텔레비전 판매원이 되었는데, 나중에는 오스틴에 조그만 텔레비전 가게를 열었다.

아이는 둘이었는데 딸은 조앤, 아들은 로버트였다.

서부 텍사스에 있는 집은 어느 미국가정의 역사를 간직한 채 버려져 있었다. 석양은 집의 어두운 윤곽을 드러냈고, 바람은 집을 덜컹거리게 만들었다.

그리고 세월은 계속 흘렀다(**사람들은 살아가고, 문제들과 씨름하고, 좋은 시절도 있었고, 청구서가 날아오고…… 아이들은 커서 결혼하고……**). 그러다 그가 쉰셋이 되던 해의 어느 오후에 형, 누이 두 명과 해후하는 피크닉에서 나무 탁자에 앉았는데, 어머니는 나이가 너무 많이 들어 자기 자식도 알아보지 못해 오지 못했다. 어머니의 여동생도 발길을 끊었는데, 어머니의 그런 상태를 보는 것이 너무 괴로웠기 때문이었다.

진실은 바비큐, 샐러드, 구운 어린 염소고기, 할라피뇨, 펄 맥주가 있는 피크닉 테이블에서 드디어 밝혀졌다.

그는 펄 맥주를 넉 잔 마시면서 1930년대의 어린 시절 이야기를 하다 문득 말했다. "그 집에서 내가 유령을 본거 알아? 그 집에는 유령이 있었어."

모두가 먹고 마시던 걸 멈추고 서로를 진짜 바라보는

것은 아닌 시선으로 바라보았다. 식탁은 조용해졌다. 쉰다섯 살의 누나가 포크를 내려놓았다.

그러자 그의 형이 말했다. "나는 나만 유령을 본 줄 알았는데, 차마 그 말을 할 수가 없었지. 모두가 나를 미쳤다고 할까 봐 말을 못 했어. 긴 머리에 나이 많은 여자였지? 나이트가운을 입었고?"

"그래, 맞아."

식탁은 더욱 조용해졌다. 그러자 누이 중 한 명이 침묵을 깼다. "나도 그 여자를 보았어. 침대맡에 와서 내 머리를 만지곤 했지. 나도 두려워서 말을 못 했어."

그리고 그들은 천천히 고개를 끄덕이고 있는 마지막 남은 누이에게 고개를 돌렸다. 그들은 거기 앉아 있다. 뒤로는 텍사스의 아이들이 놀고 있다. 그들의 목소리는 행복했다.

그는 펄 맥주를 집어 들고 160킬로미터나 떨어져 있는 집을 향해 건배하듯 들어 올리면서 말했다. "그녀와 오랜 세월 후의 우리를 위해!"

유령 이야기는 이렇게 끝났다.

거기에 위엄은 없다.
다만 바람이 휩쓸고 간 안코나*의 평원만 있을 뿐

거기에 위엄은 없다. 다만 바람이 휩쓸고 간 안코나의 평원만 있을 뿐. 그는 그렇게 생각하고 달력을 바라보며 3021년도 3020년만큼이나 지루할지 의아했다. 그럴 수는 없을 거라고 생각하면서도, 그는 과거를 돌이켜보았다. 3019년도 3018년만큼 지루했고, 3018년도 3017년만큼 지루했다. 차이는 없었다. 그것들은 언제나 쌍둥이처럼 같았다.

그는 마음속으로 과거를 살펴보았는데, 오백 년 동안 혼자서 바람이 휩쓸고 간 평원에서 사람이 혼자 살 수 있는지 실험해보려고 2751년에 안코나에 온 이래로 언제나 지루했다. 빌어먹을! 그는 실험이 끝나기 전까지는 남은

* 이탈리아 항구 도시.

231년에 대해 생각하지 않기로 했다.

그는 이 모든 것을 생각해낸 배후 인물을 만나고 싶었지만, 바람 소리가 차츰 그의 마음과 분노를 가라앉혔고, 안코나의 평원에 부는 바람 소리만 들려왔다.

미지의 친구의 무덤

　어제 나는 내가 잘 아는 것 같은 사람을 만났다. 그의 얼굴은 친절하면서도 흥미롭게 생겼다. 전에 만난 적이 없어서 섭섭할 정도였다. 만났더라면 친한 친구가 되었을 것이다. 내가 그를 처음 만났을 때 나는 하마터면 그에게 술집에 가서 옛날이야기와 옛 친구들 이야기를 하자고 할 뻔했다. "누구누구에게 무슨 일이 있었지? 그날 밤 우리가……" 하면서.

　문제는 우리가 나눌 추억이 아무것도 없다는 것이었다. 그러려면 우선 예전에 만났어야 하기 때문이다.

　나를 지나치는 그 남자의 표정에서 나를 안다는 기미는 전혀 없었다. 내 얼굴도 같은 표정이었지만, 그를 잘 아는 것처럼 느껴졌다. 유감스럽게도 우리를 갈라놓은 것은 우리가 전에 만난 적이 없다는 바보 같은 사실뿐이었다.

　우리는 우정의 가능성을 말살한 채 각자 반대 방향으로 사라졌다.

일본에서 저녁으로 스파게티 요리하기

어제 나는 도쿄에 있었기 때문에 일본인 친구들을 위해 저녁으로 스파게티를 요리했다. 나는 외국인을 위한 슈퍼마켓에 가서 재료들을 사 왔다.

내가 사 온 것들은 다음과 같다.

토마토 페이스트

토마토 소스

파란 고추와 빨간 고추

버섯

달콤한 바질

검은 올리브 한 캔

파스타

올리브 오일

햄버거용 고기 400그램

버터

레드와인 두 병

파머잔 치즈

내가 사 온 재료들을 들고 일본인 친구 집에 갔더니 그
가 필요한 것들을 챙겨주었다.

노란 양파 세 개

오레가노

파슬리

설탕

소금과 후추

마늘

그래서 나는 스파게티를 요리했다.

나는 부엌에서 스파게티 냄새가 날 때까지 개봉하고
썰고 섞었다.

지난 이십 년 동안 스파게티를 만들었던 미국 부엌의
냄새가 났지만 한 가지가 달랐다. 내 요리에서 몇십 센티
미터 떨어진 곳에 살아 있는 작은 뱀장어를 담은 버킷이

있었다.

나는 뱀장어를 넣은 스파게티를 요리해본 적이 없었다.
뱀장어들은 마치 스파게티의 공상과학소설 속 아이들처
럼 원을 그리며 헤엄치고 있었다.

수로 표지

나는 그가 샌프란시스코의 금문교에서 뛰어내렸을지 궁금하다. 그가 그곳에 있었는지는 불확실하고 파편적이며 사실 같지 않다.

그는 나에게서 몇십 센티미터 떨어져 있고 동시에 1.6킬로미터나 떨어져 있다. 그는 샌프란시스코를 바라보며 난간의 반대편에서 뛰어내릴 준비를 하고 있었다.

그 장면 뒤로는 대여섯 명의 사람들이 엑스트라처럼 서 있었다. 나는 그가 난간에 올라섰다고 생각한다. 곧 더 많은 사람들이 꿰매진 단추처럼 달라붙었는데, 일부는 동정심에서 다른 일부는 섬뜩한 호기심에서 그렇게 했다.

그 남자는 이십 대 초반으로 보였는데, 영화 〈어느 날 밤에 생긴 일〉에 나오는 클라크 게이블이 입었던 것 같은 전형적인 언더셔츠를 입고 있었다. 그는 코트와 셔츠를 벗고 있었다. 그 옷들은 난간에 단정하게 놓여 있었다. 그의 어머니는 그의 단정함을 자랑스러워했을 것이다.

그는 아주 창백했고 서리처럼 하얬으며, 마치 조금 전에 금문교에서 뛰어내린 사람을 본 것마냥 충격을 받은 것처럼 보였다.

나는 두 친구와 함께 차로 다리를 지나가다가 그 장면을 보았다. 나는 차를 세우고 그를 도와주어야 한다고 느꼈다. 하지만 그래봤자 사태만 악화시키고 교통체증만 심해지리라는 것을 알았다.

그게 할 수 있는 일의 전부였다.

그가 왜 자살하려고 하는지는 모르겠지만, 그리고 그는 자살하기를 원하지 않았지만, 나는 아무것도 할 수 없었다.

그 젊은이는 혼란의 폭풍 속에서 길을 잃은 인간성의 외로운 수로 표지 같았고, 우리는 사라지는 그의 불빛의 힘없는 그림자와도 같았다. 그를 지나쳐서 샌프란시스코로 들어가면서 우리는 마치 꿈속 사건을 다루는 영화 감독이 된 것 같았다. 우리 차는 영화의 필름처럼 스스로 겹쳐지고 편집되면서 그로부터 우리를 멀리 떼어놓고 있었다.

푸른 하늘

문제는 내가 그것을 어떻게 하느냐였다.

답은 생각해보지 않았다. 그렇게 하는 것이 너무나 당연해서 후회도 없을 것처럼 생각되었기 때문이다.

그는 사흘 동안 퍼즐에 매달렸다. 그것들은 항구에 정박한 보트와 그 위로 펼쳐진 광활한 푸른 하늘을 만들 천 개의 조각들이었다.

푸른 하늘이 문제였다.

시간이 지나면서 다른 것들은 제대로 되어가서 항구와 보트의 모습이 나타났다.

드디어 푸른 하늘 차례가 되었다.

텅 빈 공간에 푸른 하늘을 만들어 넣으려면 수백 개의 조각이 필요했다. 내 친구는 기나긴 밤에 그것을 하는 방법에 대해 생각했다.

조각들은 좀처럼 하늘을 나타내려고 하지 않았다. 그는 드디어 포기했다. "여기에는 푸른 하늘 말고는 아무것도 없어. 구름도 없어서 나를 도와줄 것이 하나도 없어. 그냥 똑같은 푸른 하늘뿐이야. 나는 포기했어."

그래서 우리는 침대로 갔고 잠이 들었다.

다음 날 그는 퍼즐을 하지 않았다.

그것은 다이닝룸 식탁에 80퍼센트 완성된 채로 놓여 있었다. 이백 개 정도의 푸른 조각만 남겨놓고는 완성된 상태였다. 보트들로 가득 찬 항구에는 커다란 구멍이 나 있고, 식탁의 색깔이 그 부분을 채웠다. 이상했다. 하늘이 갈색일 수는 없으니까.

내 친구는 조심스럽게 퍼즐을 피하고 있었다.

그것은 마치 '바스커빌의 사냥개*'가 앉아 있는 것 같았다. 그는 그 개를 그곳에 내버려두었다.

이른 저녁 그는 거실 흔들의자에 앉아 퍼즐이 앉아서 앞발을 핥고 있는 다이닝룸을 바라보았다.

"난 포기했어." 기나긴 침묵을 깨고 드디어 그가 말했다. "난 끝낼 수가 없어. 푸른 하늘은 불가능해."

나는 아무런 말도 없이 진공청소기를 전원에 연결했다.

---

* 코난 도일의 추리소설 제목.

94

그는 그곳에 앉아서 나를 지켜보고 있었다. 그는 내가 청소기의 긴 노즐로 식탁의 퍼즐을 빨아들이는 것을 바라보고 있었다. 항구와 보트들과 미완성의 하늘을 만들었던 퍼즐 조각들은 하나씩 진공청소기 속으로 사라졌고, 마침내 식탁에는 아무것도 남아 있지 않게 되었다.

나는 전원 코드를 뽑고 퍼즐 조각들을 삼킨 진공청소기를 치웠다.

내가 다시 돌아왔을 때, 그는 처음으로 입을 열었다.

"푸른 하늘이 너무 넓었어."

좋은 성과를 알아보는 눈

나는 전화 다이얼을 돌리는 데에 서투르다. 그래서 다이얼을 잘못 돌려 다시 돌리는 일이 많다. 하지만 그녀에게 전화를 걸 때면, 나는 유리공장 경리처럼 아주 조심스럽게 다이얼을 돌린다. 나는 방금 그녀의 전화번호를 돌렸고 기다린다. 벨이 울리고 또 울린다.

세 번째 벨이 울린다.

네 번째 벨이 울린다.

나는 수준 높은 클래식 음악을 듣고 있는 것처럼, 또는 기술적인 문제를 논의하는 두 사람의 대화를 듣고 있는 것처럼 아주 조심스럽게 그녀의 전화벨이 울리는 소리를 듣는다.

너무나 열심히 듣고 있어서 그녀의 거실에 있는 조그만 나무 탁자에 놓인 전화가 눈에 보이는 것 같다. 전화기 옆에는 책이 한 권 있는데, 소설이다.

벨이 일곱 번 울리고 여덟 번 울리려 한다. 벨소리를 너무 열심히 듣다 보니, 그녀의 아파트 어두운 방에 들어가 전화기 옆에 서서 벨소리를 듣고 있는 것 같다.

그녀는 집에 없다. 밖에 나갔나 보다. 어딘가에 있겠지. 그러자 나는 벨소리에 싫증이 나서 그녀의 아파트를 돌아다닌다. 나는 불을 켜고 주위를 살펴본다. 나는 벽에 걸려 있는, 내가 좋아하는 그림을 본다. 그녀의 침대는 아주 단정하게 정리되어 있다. 나는 그 침대에 누워 있는 나의 모습을 그려본다. 그러나 그것은 작년 일이었다.

부엌 탁자에는 뜯지 않은 우편물이 있었다. 청구서들이다. 그것은 그녀의 습관이다. 그녀는 청구서를 열어보지 않는다. 다른 우편물은 모두 열어보는데, 청구서는 열어보지 않는다. 그래서 쌓여간다. 때로는 그녀가 손님들과 저녁을 함께할 때도 청구서들이 식탁에 놓여 있다.

나는 냉장고를 열고 안을 들여다보았다. 참치 캐서롤과 와인 반병, 토마토가 있다. 토마토는 상태가 좋아 보인다. 그녀는 식료품을 아주 잘 고른다.

그녀의 고양이가 들어와서 나를 바라본다. 고양이는 나를 여러 번 보았다. 그래서 나를 지겨워한다. 고양이는 방을 나간다.

이제 어떻게 하지?

전화벨이 적어도 스무 번은 울렸다. 그녀는 집에 없다.

나는 전화기를 내려놓는다.

우리가 눈을 뜨기도 전에 사라지다

나는 달리 할 일이 없어서 추억의 조수에 잠겨 어느 해변을 방랑하고 있었다. 나는 치매에 걸려 누워 있었다. 내가 절대로 그곳에 존재할 수 없는 어느 오후였다.

때로는 우리가 그곳에 존재할 수 없는 날도 있는 법이다.

눈을 뜨기도 전에 사라지는 날.

나는 오래전의 어떤 방을 생각하고, 그 방 안에 있던 것들을 생각하고 있었다. 다섯 개나 여섯 개가 있었고, 확실하지는 않지만 생각이 나지 않는 다른 것들도 있었다.

나는 노력해보았지만 생각이 나지 않았다. 드디어 나는 포기하고 맹세했다. 그 방에 대해서 기억나는 것들과 그것들에 대한 내 느낌을 써놓고, 몇 달 후에나 그것을 다시 보겠다고. 그때가 오면 또다시 메모해서 그 방에 대한 느낌을 더 많이 기억하겠다고.

침대에 누워 해변이 없는 추억 위에 떠다니는 것도 나쁘지 않을 것이라는 생각이 들었다.

거기까지는 좋았다. 한 가지만 빼고. 내가 그 있을 법하지 않은 날 오후에 침대에서 일어날 때, 나는 그 방에 대해 내가 기억하는 것들을 적어놓지 않았다. 그리고 오늘까지, 일주일 후에도 그 방에 대해 까맣게 잊고 있었다. 그래서 이제는 그 방에 대해 아무것도 기억하지 못한다.

슬프다. 옛날 옛적에 내가 기억하지 못하는 방이 있었다는 사실이.

하렘*

그는 도쿄에서 아름다운 여자들의 사진을 찍고 돌아다니면서도 거의 눈에 띄지 않았다. 그는 딱히 눈에 띄는 외모가 아니어서, 그를 묘사하기는 불가능했다. 그는 바라보는 순간에도 잊어버릴 정도여서, 시야에서 벗어나는 순간 기억할 수 없는 타입이었다.

아름다운 여자들은 그가 자신들의 사진을 찍는다는 사실을 몰랐고, 알았더라도 곧 잊어버렸다.

그에게는 수천 장의 아름다운 여자들 사진이 있었다. 그는 자신의 암실에서 그 사진들을 인화했고 실물 크기로 확대해 수천 개의 옷걸이에 걸어서 옷장에 보관했다.

그리고 외로울 때면 언제나 그중 한 장을 꺼냈다.

---

*   수컷 한 마리와 암컷 여러 마리로 구성된 포유류의 번식 집단 형태.

몬태나에서의 사랑

어제 신문에 어머니가 십 대 아들을 깔고 앉아서, 경찰이 그 아들을 체포해 연행한 뉴스가 실렸다.

소년은 범죄를 저질렀고, 경찰과 격렬한 추격전을 벌이다가 자기 집에 있는 어머니에게 온 것이었다. 경찰이 막 소년을 체포하려 할 때, 어머니가 방으로 들어와서 그 광경을 보았고, 아들을 깔고 앉아서 경찰이 체포할 수 없도록 했다.

그때 경찰들이 어떤 생각을 했을지 상상이 간다. 그들은 어머니를 아들에게서 떼어놓으려고 설득했을 것이다.

아무도 그런 일을 당해서는 안 된다. 사람들이 "좋은 하루 보내세요"라고 할 때에는 그냥 인사말로 하는 말이지 실제로 그렇게 되기를 바라는 것은 아니다.

이거 봐요, 일어나세요.

이거 봐요, 떨어지세요.

아들을 깔고 앉은 그 여자는 공무집행방해죄로 체포되었다.

고양이 멜론

우리는 캔털루프 멜론을 먹고 있었는데, 멜론의 상태가 좋지 않았다. 조금 더 익게 두었어야 했거나 그저 원래 맛이 없었는지도 모른다. 애초부터 맛이 없는 멜론이었는지는 영원히 알 수 없었다. 그것을 증명할 방법이 없었으니까.

아내와 둘이서 불만스럽게 멜론을 다 먹었을 때, 우리는 마루에 접시를 내려놓았다. 왜 그랬는지는 모르겠다. 커피 테이블에 올려놓을 수도 있었는데.

우리 집에는 얼마 전 빌려온 고양이가 있었다. 우리는 여기 몬태나에 일 년 내내 계속 살 수 없었기 때문에 맛있는 먹이와 고양이를 위한 파리 리츠 호텔 같은 호화로운 집을 미끼 삼아 근처 고양이들을 불러들였다. 집에 쥐가 많았기 때문이다. 고양이들은 파리에는 가지 못했다. 그래서 우리가 몬태나를 떠나 캘리포니아로 돌아가면, 고양이들은 사용하지 않은 여권을 갖고 자기들 집으로 돌아갔다.

어쨌든 그 새로 온 고양이는 마루에 있는 멜론 껍질로 가더니, 그중 하나를 유심히 바라보았다. 그러더니 시험 삼아 핥아보았다. 프랑스에 가서 프랑스어를 써보지 못한 그 고양이는 몇 번 더 핥아보더니 멜론 껍질과 친해졌다.

고양이는 멜론을 먹기 시작했다. 나는 전에 고양이가 멜론을 먹는 걸 보지 못했다. 나는 고양이에게 멜론이 무슨 맛일지 상상해봤다. 고양이가 매일 먹는 먹이 중 멜론 맛이 나는 것은 없을 것이다.

쥐, 새, 땅다람쥐, 곤충이나 집고양이가 즐겨먹는 생선, 닭고기, 우유 아니면 캔이나 자루 또는 박스에 담긴 고양이 사료와는 다를 것이다.

그럼 고양이에게 멜론 맛이 나는 것은 무엇일까?

도무지 알 수가 없다. 앞으로도 알 수 없을 것이다. 그러나 한 가지 분명한 것은, 슈퍼마켓의 고양이 용품 코너에 가도 멜론은 찾을 수 없다는 것이다.

앨의 로즈 항구

앨은 바다로 나가 십 년 동안 돈을 벌었다. 그는 흥이 있어 술집을 하나 사고 싶었다. 그래서 술집을 샀다. 술집 이름은 '앨의 즐거운 항구'였다. 그러나 위치가 안 좋았고, 앨은 술집 경영에 대해 몰랐으며, 친구들에게는 술값을 받지 않아서 망하고 말았다.

그가 술집을 갖고 있었을 때, 그에게는 친구가 많았다. 그는 그 친구들이 다음에 올 때 돈을 내는 손님을 데려올 것이고, 그들은 또 다른 손님들을 데려오리라 생각했다. 그는 친구들에게 주는 공짜 술이 좋은 광고가 되어 전 세계에 '앨의 즐거운 항구' 지점을 열 수 있으리라 생각했다.

홍콩, 시드니, 리우데자네이루, 호놀룰루, 덴버, 요코하마, 심지어 파리에도 별 세 개짜리 음식을 제공하는 '앨의 즐거운 항구' 지점이 생기리라 생각했다. 그러면 〈플레이보이〉 모델인 승무원을 거느린 채 본인 소유의 제트기를 타고 가게들을 돌아보러 다닐 것이다. 그래서 누군가가 다음 호 〈플레이보이〉를 사서 화보 면을 펼치면 빈 페이지만 있을 것이다. 왜냐하면 모델이 그의 손을 잡고 하늘을 날고 있을 것이기 때문이다.

그런데 지금 그는 어머니와 같이 살고 있다.

그는 어머니에게 다시 바다로 나가겠다고 말하지만, 이년째 그 말만 하고 있다. 그는 거의 집 밖에 나가는 법이 없고, 눈에 보이는 배도 없다. 그의 어머니는 뒷마당에 장미를 가득 심었다. 그녀는 장미를 좋아한다. 그는 장미를 싫어하는데, 붉은 장미는 너무 붉고, 노란 장미는 너무 노랗고, 분홍색 장미는 너무 분홍색이기 때문이다.

가끔 그는 침실 밖으로 장미를 바라보면서 장미 색깔이 왜 그런지 궁금해했고, 장미들이 중간색이면 좋겠다고 생각했다.

1학년과의 작별과 〈내셔널 인콰이어러〉*와의 만남

나는 항상 학교와 문제가 있었는데, 특히 1학년 때 심했다. 나는 낙제를 두 번이나 했기 때문에 1학년 학생 중에서 가장 키가 컸다. 나는 1학년을 어떻게 보내야 하는지 알지 못했다. 원래는 평균 키로 1학년을 시작했다가 이 년쯤 후에는 가장 큰 키가 됐다.

특히 읽는 것이 문제였다. 읽어도 무슨 말인지 몰랐으니까. 내가 1학년에 남아 있었던 첫 이 년 동안에는 책을 거꾸로 읽어도 차이를 알지 못할 만큼 난독증이었다.

결국 나는 읽는 법을 스스로 터득했는데, 1학년에 몇 년간 있다 보니 초조해졌고, 9월부터 6월까지 학교에 있는 동안 키가 빠르게 커지다가 몇 달 쉰 후 다시 가을에

* 미국의 타블로이드 주간지로, 주로 가십성 기사로 유명하다.

1학년으로 돌아가는 것이 공허한 종교적 체험처럼 지루했기 때문이다.

나는 상점 간판과 식품 라벨을 읽으면서 읽기를 깨우쳤다. 나는 천천히 거리를 걸으면서 '샘의 구두수선' '굿 푸드 카페' '앨의 담배 가게' '빠르고 깨끗한 세탁' '네온 와플 가게' '이코노미 마켓' '메이블 미용대학' '사슴뿔 술집' 등의 간판을 읽었다. '사슴뿔 술집' 진열장에는 사슴 뿔이 많이 있었고, 안에는 더 많이 있었다.

술집에서 사람들은 둘러앉아 사슴뿔들을 바라보고 있었고, 밖에서 나는 창문 너머로 메뉴를 보며 스테이크, 으깬 감자, 햄버거, 샐러드 그리고 버터가 무엇을 의미하는지 연구했다.

때로는 식료품점에 가서 영어를 공부했다. 통로를 오가면서 나는 깡통에 붙은 라벨을 읽었다. 깡통에 붙어 있는 그림이 큰 도움이 되었다. 예컨대 깡통에 콩 그림이 그려져 있으면 그것과 연결시켜 콩이라는 글자를 읽었다. 나는 통조림 매대를 오가며 복숭아, 체리, 자두, 배, 오렌지, 파인애플 등의 단어를 배웠다. 나는 1학년을 벗어나야겠다고 결심한 후 과일을 금방 배웠다.

물론 과일에 대해 배울 때 가장 어려운 것은 과일 칵테일이었다.

가끔 나는 캔을 들고 서서 십 분이나 십오 분 동안 연구했지만 여전히 어려웠다.

그렇게 한 지도 삼십칠 년이 지났고, 나의 읽기 실력은 지평선에 보였다 안 보였다 하는 롤러코스터에 달린 낚시찌처럼 오르락내리락했다. 요즘 내가 좋아하는 읽기는 〈내셔널 인콰이어러〉이다. 나는 그 잡지의 광팬이다. 나는 사람들의 이야기를 좋아하는데, 〈내셔널 인콰이어러〉에는 사람들에 대한 이야기가 많다. 이번 주에는 다음과 같은 제목들이 있다.

음식이 결혼생활에서 대부분의 문제를 일으킨다.
키가 작은 사람이 오래 산다.
우리는 외계인의 이상한 도시로 잡혀 갔다.
트루먼 대통령은 왜 자기 속옷을 직접 빨았는가?
화난 운전자들은 차를 살인무기로 사용한다.
'로이스 레인'이 상반신 노출 사진에 화를 내다.
교수들이 귀뚜라미 연구로 당신의 세금을 축내고 있다.

나는 원래 텔레비전을 보면서 〈뉴욕타임스〉 일요일판을 읽었는데 지금은 〈내셔널 인콰이어러〉를 읽는다. 이유는 아주 단순했다. 어느 날 〈뉴욕타임스〉를 〈내셔널 인

콰이어러〉로 바꾸었기 때문이다. 얼마나 단순한가. 나는
나 대신 다른 사람이 〈뉴욕타임스〉를 사도록 했다. 그들
이 나의 〈뉴욕타임스〉와, 생각하고 사물을 잘 아는 지성
을 대신 가져간 것이다. 나는 이제 마흔넷이 되었고, 1학
년을 수료했다. 내가 원하는 것은 여생을 별생각 없이 즐
겁게 지내는 것이다.

　텔레비전을 보고 〈내셔널 인콰이어러〉를 읽는 나는 입
을 꼭 다문 조개처럼 행복하다.

늑대는 죽었다

나는 몇 년 동안 그가 죽기를 바랐다. 죽음이 바람처럼
와서 그를 지우고 그가 상징하는 모든 것을 데려가기를.
그것은 1970년대에는 의미 있는 것처럼 보였다.

그의 삶은 고속도로변의 짐승우리 안을 끊임없이 왔다
갔다 하는 것 같았다. 나는 그가 잠자코 서 있는 것을 본
적이 없었다. 그는 언제나 움직이고 있었다. 그에게 미래
란 다음 걸음일 뿐이었다.

내가 그를 처음 만난 것은 삼십 년 만에 돌아온 몬태나
에서였다. 그 후 나는 매년 그를 보았는데, 그는 언제나
움직이고 있었다. 1978년 가을까지 말이다. 내가 여섯 달
만에 몬태나로 돌아와보니, 그는 가고 없었다. 나와 자리
를 바꾼 것이었다.

그 늑대는 분명 여름에 죽었을 것이다. 내가 돌아왔을

때, 그가 있었던 텅 빈 우리에는 잡초와 풀만이 무성했다. 그가 살았던 1970년대에는 그가 끊임없이 걸어 다녔기 때문에 그의 우리에는 아무것도 자랄 수 없었다. 그는 한 걸음마다 십 년씩을 걸었던 것이다. 그가 걸은 걸음을 모두 합하면 아마도 달까지 가는 거리의 절반쯤 되었을 것이다.

늑대가 고속도로변 짐승우리에서 일생을 보낼 수는 없기에 나는 그가 잘 죽었다고 생각한다. 하지만 그 늑대가 관상용은 아니었다. 그 늑대는 누군가의 애완용이었고, 그의 우리도 그 사람 집 옆에 있었다.

늑대 소유주의 입장은 "내 애완동물은 늑대이다"였을 것이다. 무슨 일이 일어났든, 그것은 그 후의 일이다.

하지만 늑대는 이제 죽었다.

그가 있었던 우리에는 잡초만 무성하다.

달을 향한 그의 여정은 이제 끝났다.

진화 이후 내가 바다에 가장 가까이 갔을 때

지난 주말 친구들과 일본 해안에 있었을 때 나는 아침, 점심, 저녁 매끼니에 생선을 먹었다. 심지어는 잠들기 전 간식도 생선을 먹었다. 나는 날생선, 말린 생선, 끓인 생선 등 생선만 계속 먹었다.

아마도 스무 종의 생선을 먹었는데 전부 맛있었다. 하지만 얼마 후 입에서 생선이 나올 것 같았다.

어느 날 대변을 보았는데 변에서 바다 냄새가 났다. 내 변에서 나는 냄새나 해변을 거닐 때 나는 냄새는 부두에 앉아 배를 보거나 수평선 너머 사라지는 해를 바라볼 때 나는 냄새와 똑같았다.

그 후 나는 한때 물고기와 함께 헤엄쳤던 나의 뿌리와, 잔디밭처럼 천천히 자라나 육지를 향했던 나의 바닷속 첫 번째 안식처에 대해 좀더 잘 이해할 수 있게 되었다.

그루초 막스(1890~1977)*에게 바치는 경의

"기차다!" 그가 외쳤다.

그는 확실한 답을 원했다.

사실은 확실한 답을 요구했다.

"가차야!" 그가 다시 외쳤다. 그러고는 초조하게 내 대답을 기다렸다. 나는 빠르게 움직이는 연무 속에서 다이아몬드를 자르는 보석상처럼 조심스럽게 할 말을 골라냈다. 나는 내 말이 그의 인생과 많은 관계가 있기를 원했고, 너무 관계가 많아 그가 내 말을 이해하지 못하기를 원했다.

그가 내 대답에 흥미를 갖고 그것을 들으러 그렇게도 먼 거리를 온 것을 생각하면, 그 정도는 해주어야 할 것

---

*   1920년대에서 1950년대까지 미국 코미디계를 주름잡은 코미디언.

같았다. 세상을 한 바퀴 돌아서 온 것은 아니지만, 그 가
능성도 배제할 수는 없었다.

그는 정말로 피곤해 보였다.

도넛이 있었으면 권했을 것이다.

물론 그는 젊었지만 그렇게 젊은 것은 아니었다. 그는
서른한 살이지만 자기를 '아이'라고 삼인칭으로 부르며,
자신의 실수를 아직 젊어서 잘 몰랐기 때문에 한 것이라
고 핑계를 대는 사람 중 하나였다.

때때로 그런 사람들은 실수를 절대로 하지 않았다. 그
래도 그들은 자신이 젊다는 것을 드러내기 위해 실수한
것처럼 굴었다.

다시 말해 그런 사람들은 당신이 자신을 열네 살로 생
각해주기를 원하는 것이다. 싱그럽고, 영원한 열네 살.

나는 대화 주제를 내가 몇 년 전 코네티컷 주에서 보낸
며칠에 대한 회상으로 바꿔서 그의 기차에 대한 이상한
의문에 천천히 대답하려고 했다.

나는 잘 모르는 사람들과 같이 지내고 있었다. 저녁식
사 시간은 엄청 길었고, 종종 차양이 없는 테라스에서 먹
었으며, 그곳에 있는 동안에는 내내 비가 왔다는 것 말고
는 특별한 일은 없었다.

나는 햄버거 하나를 먹는 데 그렇게 많은 시간이 걸리

는지 전에는 미처 몰랐다.

나는 그곳에 있는 게 불편했고, 그 사람들도 내가 불편했던 것 같았다. 마지막 날, 내가 그 사람들과 같이 아침을 먹었을 때 그들은 내게 우산도 주지 않았다.

그곳을 떠난 후 나는 그 사람들과 다시는 연락하지 않았다. 애초에 우리는 그저 우연히 만났던 것뿐이다. 어차피 우리는 서로 떨어져 있는 게 더 나았다.

떠나려고 짐을 쌀 때, 나는 옷장에 걸어둔 스웨터를 깜빡했다. 오랜 시간 버스를 타고 집에 도착한 후 다음 날에야 생각났다. 그들은 그 스웨터를 찾았다고 내게 연락하지 않을 사람들이었다.

그리고 그들은 절대 그러지 않았다.

그것은 내가 기꺼이 감내할 수 있는 손실이었다.

그 사람들과 또다시 엮일지도 모른다는 의문은 가질 필요가 없었다. 그에 대한 대답을 생각할 필요조차 없는 것이었다.

"스웨터는 그렇게 됐지." 나는 '아이'에게 진지하게 말하면서 그의 의문에 대한 대답을 마무리했다.

그는 자기가 샤워하고 있는데 코끼리가 같이 샤워하러 들어왔다는 듯한, 믿기지 않는 눈으로 나를 바라보았다. "저는 스웨터에 대해 말한 게 아니었는데요." 그가 말했다. "기차에 대해 이야기했잖아요. 그런데 갑자기 웬 스웨터 이야기예요?"

"잊어버려." 내가 말했다. "이제는 없어졌어."

무력감

웨이트리스들이 할 일은 많지 않았다. 레스토랑에는 손님이 더 와야만 했다. 웨이트리스들은 내가 홀로 앉아 있는 곳 뒤쪽에 모여 있었다. 그들은 그냥 서 있었다. 그들은 어색했고 초조했다. 모두 다섯 명이었다. 그들은 모두 중년이었고 흰색 구두에 검은색 스커트와 흰색 블라우스를 입고 있었다.

손님이 더 와야 했다.

나는 프라이드치킨을 한 입 더 베어 물었다. 웨이트리스들은 멍하니 나를 바라보았다. 나는 포크로 옥수수 알맹이들을 뗐다. 웨이트리스들은 손님이 어떻게 생겼는지 궁금하다는 듯이 나를 바라보았다. 나는 아이스티를 한 모금 마셨다. 이제 네 명의 웨이트리스들이 나를 바라보고 있었다.

다섯 번째 웨이트리스는 입구를 바라보고 있었다. 그녀는 손님 네 명이 들어와 자기가 시중드는 테이블에 앉기를 원했지만, 문을 열고 들어온 예순 살의 한 여자는 커피와 파이 한 조각만을 원했다.

나는 프라이드치킨을 또 한입 베어 물었다. 이제는 다섯 번째 웨이트리스까지 나를 바라보고 있었지만, 이미 내가 할 수 있는 일은 다 했다. 내가 해줄 일은 더 없었다. 만일 내가 동시에 다섯 테이블에서 다섯 접시의 프라이드치킨을 먹을 수 있다면, 내 인생은 훨씬 더 단순했을 것이다.

도쿄의 불타는 한쪽 팔

내가 그에 대해 아는 것이라고는, 그가 스무 살이었으며 육층 병실에서 뛰어내렸다는 것뿐이다.

스스로를 집어삼키는 롤러코스터처럼 견딜 수 없을 정도로 분주한 미국에서, 그리고 스물네 시간 쉬지 않고 우리를, 우리의 친구와 가족을, 그리고 전혀 모르는 사람들을, 심지어 미국 대통령과 그의 친구들 그리고 그들이 아는 모든 사람들을 사방에서 둘러싼 생과 사의 문제들에서 나는 젊은 일본인의 자살에 대해 생각했다.

신문에도 텔레비전에도 보도되지 않았다.

친구가 나에게 어제 직장에 나오지 않는 그녀의 부하직원에 대해 얘기하다가 말해준 것이었다. 그는 자살한 청년과 친해서 장례식에 갔다가, 돌아오고 나서 일이 손에 잡히지 않았다.

내 친구가 말하기를, 죽은 청년은 교통사고로 팔을 잃고, 그 충격 때문에 병실에서 뛰어내린 것이었다.

그는 교통사고로 팔을 잃었고, 슬퍼하다가 스스로 목숨을 끊었다. 그는 연애하고 결혼해 아이를 갖고, 직장을 다니면서 중년이 되다가 나이를 먹어 죽음을 맞이하는 삶을 한쪽 팔만 가지고 살고 싶지 않았다.

그는 그러기를 원치 않았기 때문에 병실에서 뛰어내린 것이다.

그 이야기를 하면서 내 친구는 이렇게 말했다. "정말 허튼짓이야. 왜 그래야만 했을까? 한쪽 팔만으로도 얼마든지 살 수 있는데."

그러나 그는 그렇게 할 수 없었다. 아무튼 마지막은 다른 사람과 크게 다르지 않았다. 화장터에서 팔이 하나인 시체가 불타고 있었다. 다른 쪽 팔이 불타고 있어야 할 자리에는 아무것도 없었다.

고무밴드

……육십 개 정도가 한 블록의 사분의 삼 되는 보도에 흩뿌려져 있었다. ……그것들은 햇볕에 너무 오래 방치된 뱀 같은, 졸린 파충류 같은 내 눈에 띄었다. 요즘 나는 건강이 좋지 않았다. 중년이 되면서 나빠진 건강이 나를 갉아먹고 있었다.

고무밴드 대부분은 9미터에 걸쳐 떨어져 있었지만, 나머지는 여기저기 흩어져 있었다.

나는 걸음을 멈추고 고무밴드들을 보았다. 그것들은 좋아 보였다. 그것을 떨어트린 사람이 왜 줍지 않고 그냥 갔는지 알 수 없었다. 아마도 충분히 가지고 있어서 필요 없었는지도 모른다. 아니면 애초에 고무밴드에 관심이 없었거나 고무밴드를 싫어해서 복수하려고 버렸는지도 모른다.

갑자기 나는 내가 길 한가운데에 서서 고무밴드에 대해 생각하고 있다는 것을 깨달았다. 시간이 얼마나 흘렀는지 모르겠다. 고무밴드보다 중요한 일은 많았다. 매일같이 선, 악과 싸우는 내 영원한 영혼 같은 것 말이다. 그리고 나는 고무밴드도 많이 가지고 있었다. 내 책상에 한 상자나 있어서 더 이상 필요하지도 않았다.

나는 이 버려진 고무밴드가 필요 없었다. 그리고 더 가지고 싶으면 돈 주고 사면 된다. 그러니 버려진 고무밴드들은 알아서 하라지. 나는 앞으로 스물네 시간 동안은 계속될 해방의 느낌을 갖고 그 자리를 떠났다.

오늘 아침 내가 조그만 카페에 커피를 사러 갔을 때, 그 고무밴드들은 아직도 거기에 있었다. 하지만 나는 신경 쓰지 않았다.

늑대인간 야생딸기

(배경음악으로 글렌 밀러의 〈턱시도 정션〉이 흐른다.)

……그리고 네가 원하는 건 보름달이 뜬 밤에 최고의 여자를 정원으로 데리고 나와 멋진 키스를 하는 것이었다. ……야생딸기가 털에 덮여 있어 달빛에 빛나는 그것들의 작은 치아를 볼 수 없는 것이 유감이었다. 안 그랬다면 상황이 달라질 수도 있었을 텐데.

제대로만 했다면 너는 진주만에서 전사했을 수도 있었을 텐데.

1940년 늦봄에

칫솔 귀신 이야기

이 이야기는 일본 여자의 감수성을 잘 보여주고 있다. 그것은 칫솔에 관한 이야기이다. 그리고 당연하게도 사실이 아니라 누군가가 만들어낸 이야기일 가능성도 있는데, 만약에 그렇다면 당신이 시간낭비를 하게 한 것을 사과하겠다. 하지만 그게 사실인지 아닌지 우리는 결코 알 수 없다. 그렇지 않은가?

오래전에 도쿄에서 젊은 미국 남자와 젊은 일본 여자가 만나, 성욕 때문일 수도 있지만, 연인이 되었는데 남자보다 여자가 그들의 관계에 대해 더 진지했다. 그녀가 그의 아파트에서 자고 아침에 직장에 나가는 생활을 한 지도 한 달이 넘었다.

어느 날 밤 그녀는 자기 칫솔을 가져왔다. 그전에는 언제나 그의 칫솔을 사용했다. 그녀는 자기 칫솔을 거기에

두어도 되느냐고 물었다. 너무 오랫동안 그곳에서 지내다 보니, 그의 칫솔을 쓰는 것보다는 자기 칫솔을 쓰는 게 좋겠다는 생각에서였다. 그가 좋다고 하자 그녀는 자기 칫솔을 칫솔함에서 그의 칫솔과 나란히 놓았다. 그들은 언제나처럼 젊음의 욕망을 불태우며 사랑을 나누었다. 다음 날 아침, 그녀는 자기 칫솔로 양치질을 하고 출근했다.

그녀가 떠난 후 그는 두 사람의 관계에 대해 생각해봤다. 그는 그녀가 좋았지만 그녀가 그를 좋아하는 것만큼은 아니었다. 그는 자기 칫솔을 가져온 그녀에 대해 생각했다. 그는 화장실에 가서 그것을 보았다. 자기 칫솔과 나란히 있는 그녀의 칫솔은 그를 기쁘게 하지 않았다. 일이 틀어지기 시작했다.

그는 그녀의 칫솔을 꺼내 쓰레기통에 던졌다. 그날 늦게 그는 잡화상에 들러 일본에서 가장 싼 칫솔을 샀다. 그녀의 칫솔은 푸른색이었다. 그가 산 것은 빨간색이었다. 그는 그 칫솔을 그녀의 칫솔이 있던 자리에 넣었다.

그날 저녁 그녀가 찾아왔다.

그들은 술을 마시며 담소를 나눴다.

그녀는 기분이 아주 좋았다. 그리고 화장실에 갔다.

그녀는 십 분이 지나도 돌아오지 않았다.

너무 오랫동안 돌아오지 않았다. 그는 기다렸다. 그는

조심스럽게 위스키 잔에 입술을 댔고, 삼키기 전에 맛을 음미했다. 그리고 기다렸다.

드디어 그녀가 화장실에서 나왔다.

그녀가 화장실에 들어갔을 때, 그녀는 아주 기분이 좋았고 행복했다. 화장실에서 나왔을 때, 그녀는 아주 조용하고 침착해져 있었다. 그녀는 그에게 그날 저녁 중요한 약속이 있는 것을 깜빡했다고, 미안하지만 가야겠다고 말했다. 그는 이해한다고 말했고, 그녀는 고맙다고 했다.

그는 그녀를 다시는 보지 못했다.

애벗과 코스텔로의 무덤에 있는 유인 우주실험실

요즘 나는 몬태나 주 옐로스톤 국립공원 북쪽에서 닭을 볼 때마다 무언가를 생각하는데, 다른 사람에게 그것을 어떻게 이야기해줄지가 드디어 떠올랐다. 자, 좋든 싫든 이것은 그 이야기이다.

오, 물론 경고가 있어야겠지.

만일 여러분이 닭이나 하늘에서 닭의 위치에 대한 무슨 극적인 이야기를 기대한다면 잊어주시라. 이제부터 하려는 이야기를 버트 레이놀즈가 정의를 집행하는 닭 농장 주인으로 나오고, 레지 잭슨, 릴리언 카터, 레드 버튼스, 빌 월턴, 엘리자베스 테일러, 애벗과 코스텔로*의 무덤이 카메오로 출연하고, 찰턴 헤스턴이 '오크'로 출연하는

---

* 유명 코미디 듀오. 이 문단에서 언급된 유명 인사 중에서 유일하게 이 책이 쓰인 1980년 이전에 사망했다.

129

대재난 영화의 각본으로는 사용할 수 없을 것이다.

지난주에 나는 먹다 남은 옥수수를 닭에게 주었다. 나는 먹다 남은 음식으로 닭을 감동시켜서 마치 교회에 가듯이 닭들이 꼬박꼬박 알을 낳게 해주고 싶었다.

내가 뭔가를 들고 집에서 나와 다가오는 것을 본 닭들은 우르르 철망으로 몰려와 나를 기다렸다. 그들은 언제나 내가 남은 음식을 들고 오기를 기다렸다.

그들에게 다가갈 때면 닭들이 어찌나 꼬꼬댁 거리는지, 나는 합창단 지휘자가 된 것 같은 느낌이 들었다. 나는 열여덟 마리의 닭들이 어떻게 〈메시아〉를 노래할지 궁금했다.

나는 조그만 플라스틱 그릇에 여섯 자루의 큰 옥수수를 담아 갔다. 만일 여러분이 진실을 원한다면, 그 옥수수들은 실제보다 더 컸다.

나는 그 옥수수들을 철망 위로 던져준 다음, 내 갈 길을 가려고 했다. 그러나 서로 바짝 붙어 모여 있는 닭들을 보며 나는 잘못 던지면 닭들의 머리에 맞을 것이라는 사실을 깨달았다. 나는 머릿속에서 닭 네 마리가 거대한 옥수수에 머리를 맞는 상상을 해봤다. 그것은 안 될 말이었다.

나는 쓰러진 동료들 주위에 모여 반제국주의적 증오의 시선으로 나를 노려보는 다른 닭들의 모습을 상상했다.

"양키 놈은 꺼져라!"

아니지, 아니지. 나는 안 그래도 이미 복잡한 내 인생에 그런 책임까지 짊어질 수는 없었다. 그래서 철망에서 몇 발자국 떨어진 곳에 안전하게 옥수수를 던졌다.

비닐봉지에서 옥수수들이 우수수 떨어지자 갑자기 닭 한 마리가 튀어나왔고, 여섯 자루의 옥수수가 그 녀석의 머리 위로 떨어졌다. 물론 그 닭은 기절하는 대신 깜짝 놀라 공중으로 30센티미터 뛰어올랐다. 그리고 고개를 돌려 옥수수가 아직 거기에 있는지 확인하고 옥수수가 멍청이의 머리 위로 떨어진 것에 아무런 관심도 없는 다른 닭들에 합세해 옥수수를 먹었다.

나는 돌아서면서 그 여섯 개의 옥수수와 그것이 노린 열여덟 개의 닭대가리 그리고 그 폭탄을 혼자 다 맞은 한 마리의 닭에 대해 조금 혼란스러워졌다. 다른 조합도 있을 수 있었는데. 예컨대 옥수수 한 자루가 여섯 마리의 머리를 때릴 수도 있고, 옥수수 두 자루가 한 마리의 머리를 때릴 수도 있었고, 옥수수 세 자루가 한 마리의 머리를 때릴 수도 있었으며, 나머지 옥수수들이 한 마리도 맞추지 못하고 아무 일 없이 그냥 땅에 떨어질 수도 있었다.

여러분은 내 마음속에서 어떤 일이 일어나고 있는지

알 수 있을 것이다. 다만 나는 아직 그 이유를 말하지 않았다. 가끔 나는 혼자서 여섯 자루의 옥수수를 머리에 맞은 그 닭이 나와 비슷하다는 생각을 한다.

침대 세일즈맨

그는 침대의 바다에 혼자 앉아 있다. 침대들은 고요하고 움직이지 않는 파도처럼 주위에 흩어져 있다. 샌프란시스코의 어느 비 오는 날 오후인데, 아무도 침대를 사려 하지 않는다. 그는 중년이었고, 아주 지루했다. 그는 다양한 침대에 둘러싸여 있다. 커다란 쇼룸에는 더블 사이즈 침대가 오륙십 개 있고, 그는 그중 하나에 앉아 있다.

양복상의를 벗고 침대에 앉아 있는 것으로 보아 그가 절망하고 있다는 것을 알 수 있다. 와이셔츠에 넥타이는 매고 있었지만, 진지하게 침대를 파는 사람으로서 책임감 있게 보이려면 슈트 재킷을 입었어야 했다. 그러나 그는 지금 그런 것 따위에는 아무 관심도 없다.

'오늘은 아무도 침대를 사지 않을 거야.' 그는 생각했다. '그러니까 편하게 있어야지.'

사장은 그런 복장을 허용하지 않겠지만, 지금은 사랑니를 빼러 치과에 갔으니 문제는 없는 셈이다.

비는 계속 오고 있다.

하루 종일 올 것이다.

그는 침대가게의 커다란 유리창을 통해 비가 오는 곳을 보고 있었지만, 비를 보는 것은 아니었다. 잠시 그는 자신이 어쩌다가 침대 파는 일을 하게 되었는지 생각해봤다. 그는 의사를 꿈꾸며 의대 진학을 준비했다. 하지만 의대에 들어가지 못했다. 의대에 가면 우울할 것 같았다. 그래서 그 생각을 지웠다.

그러는 동안 침대들은 주인을 기다리고 있었다.

그것들은 조용히 잠잘 사람들과 침대 스프링을 삐걱대게 할 정열적인 사람들을 기다리고 있었다. 그것들은 나중에 더러워질 수천 장의 침대시트를 기다리고 있었다. 처음에는 단지 두 장의 새 침대시트로 시작하겠지만.

그 침대들에서 사람들이 만들어지고 죽을 것이다.

수백 년 후에 그 침대는 박물관에 전시되어, 이상한 옷을 입고 아직 발명되지 않은 언어로 이야기하는 사람들에게 경이와 즐거움을 선사할 것이다.

그 세일즈맨은 수많은 침대들 사이에서 길을 잃고 자기가 미래의 목자이며 이 침대들은 자신의 양 떼라는 사실을 모르고 있었다.

체인 브리지

때는 1960년대.

많은 사람들이 린든 베인스 존슨 대통령을 미워했고, 각자의 견해에 따라 재니스 조플린이나 짐 모리슨을 좋아했다. 신이시여, 그들의 영혼을 편히 쉬게 하소서.

나는 눈 속에서 타이어체인을 찾던 인디언 여자를 기억한다. 그녀는 쉰 살쯤 되어 보였는데, 처음에 우리는 그녀를 보지 못했다. 1969년 뉴멕시코에서였다. 우리는 그녀의 남동생이 길가에 세워진 에이지 오브 아쿼리우스 픽업트럭 옆에서 참을성 있게 서 있는 것을 보았다. 그도 그녀와 나이가 비슷해 보였다. 아까 말한 대로 그녀는 거기에 없었다. 우리는 나중에야 그 여자를 보았다.

그가 허허벌판에 차를 세우고 있었기 때문에, 우리는 멈춰 서서 도움이 필요하느냐고 물었다.

"아뇨." 그가 말했다. "아무 문제 없어요."

문제가 해결되자 우리는 이 눈길을 계속 갈 수 있는지, 우리가 가고 있는 모호한 지역인 인디언 유적지를 갈 수 있는지 물었다. 이 모든 일은 눈길에서 일어났다. 내가 우리라고 한 것은, 오래전에 헤어져 지금은 남아메리카 어딘가에 있는 내 여자친구가 함께 있었기 때문이다.

지프를 타고 뉴멕시코를 늦은 겨울과 이른 봄 동안 우리는 사람들이 많지 않은 데를 골라서 다니고 있었다.

"길 상태는 좋아요." 그 인디언이 말했다. "저 앞보다 여기가 눈이 더 많이 왔어요. 여기에서 오륙 킬로미터만 가면 길이 아주 좋아요. 여기가 최악이지요."

그 말에 나는 안심이 되었다. 도로는 근접한 지평선 너머로 사라지는 하얀 타이어 자국같이 흐려서 잘 보이지 않았다. 저 멀리, 사막에서 솟아오른 수로 표지 같은 게 우뚝 서 있었고, 배도 없는데 세워진 경고판 사이 어딘가에서 길은 사라져 보이지 않았다.

그 솟아오른 암벽은 도로 같은 것에는 관심도 없는 것처럼 보였다. 도로는 그저 지나가는 그림일 뿐이었다. 어쨌든 암벽은 시간이 시작되었을 때부터 거기에 있었으니까.

"제 누나가 저기 있어요." 지표면에서 도로가 사라진 곳을 태연하게 가리키며 인디언이 말했다.

"뭐라고요?" 내가 말했다. 잘 안 들린다는 듯이, 아니면 인디언이 한 말을 믿을 수 없다는 듯이.

"스노우체인을 찾고 있어요. 저기서 체인을 잃어버렸거든요. 그래서 찾고 있는 거예요."

나는 도로를 내려다보았다.

아무도 보이지 않았다.

"1.6킬로미터쯤 가야 있어요." 그가 아직도 그 방향을 가리키면서 말했다.

그는 발 하나를 픽업트럭의 승차받침대에 올려놓고 있었다.

"저기에 누군가가 있다고요?" 내가 순진한 척하며 말했다.

"우리 누나요. 누나가 체인을 찾았으면 좋겠네요. 3달러나 주었거든요. 중고품이었지요."

"그렇군요." 나는 아무렇게나 말했다. 3달러짜리 타이어체인을 찾고 있는 인디언 여자가 보이지 않는데, 내가 무슨 말을 할 수 있겠는가.

"누나를 만나면 내가 아직도 여기에서 기다리고 있다고 전해주세요."

"좋아요." 내 목소리는 장님의 흰 지팡이가 땅을 두드리는 소리 같았다.

우리는 작별인사를 나누고 1.6킬로미터쯤 더 나아갔다. 그 인디언이 말한 대로 인디언 여자가 타이어체인을 찾으며 길을 걸어가고 있었다. 그녀는 춥고 눈 오는 뉴멕시코의 이른 아침에 세심하게 길을 살펴며 타이어체인을 찾고 있었다. 우리는 그녀 옆에 차를 세웠고, 그녀는 눈을 들어 우리를 바라보았다. 그녀의 얼굴은 인내심으로 가득 찼고, 눈은 시간을 초월해 있었다.

침착하기로 소문난 영국의 엘리자베스 여왕이라 할지라도 3달러짜리 스노우체인을 찾는다면 지금쯤 싫증을 냈을 것이다.

"동생이 저기에서 기다리고 있어요." 장님처럼 머리로 우리가 온 길을 가리키며 내가 말했다.

"알아요." 그녀가 말했다. "그 애는 기다리는 걸 잘한답니다."

"아직 못 찾았나요?" 내가 박쥐처럼 말했다.

그녀의 손에 스노우체인이 들려 있지 않았지만, 그래도 무슨 말이든 해야 했다.

"여기 어딘가에 있겠지요." 그녀는 약 31만 3천 제곱킬로미터의 뉴멕시코를 바라보며 말했다.

"행운을 빕니다." 내가 말했다. 십 년 전 1960년대에 있었던 일이지만, 이제는 아서 왕이 비틀스와 함께 원탁에 앉아 있고 존 레넌이 〈루시 인 더 스카이 위드 다이아몬드〉를 부르는 것만큼이나 전설이 되었다.

우리는 페인트가 벗겨지기 시작한 에이지 오브 아쿼리우스 옆에서 기다리는 동생을 위해, 스노우체인을 찾고 있는 그녀를 뒤로하고 1970년대를 향해 천천히 차를 몰았다.

흰색

내가 흰색에 대해 진지하게 생각할 때면 나는 그녀에 대해 생각한다. 왜냐하면 그녀는 흰색의 정수이기 때문이다.

그녀는 유명한 일본인 화가이자 작가의 그림 전시회 겸 책 사인회에 있었다. 그녀는 자신의 최근 책에 사인을 하고 있는 그 작가에 대해 관심이 많았다. 그의 사인을 받으려는 사람들이 길게 줄을 서서 기다리고 있었다. 그녀는 줄을 서는 대신 계속 화랑을 이리저리 돌아다니며 그의 그림을 보는 척하고 있었다.

그녀는 그 자체가 이벤트처럼 보이는, 놀랄 만큼 멋진 다리를 가진 아름다운 여자였다. 그녀는 그 다리에 왕관을 씌우듯 검은 상어 같은 하이힐을 신었다.

그녀는 사람들의 시선을 끄는 법을 잘 알고 있었다.

그녀는 자신이 기계의 왕이라도 된다는 듯 기계적으로 사인하고 있는 작가의 테이블 옆으로 갔다. 그는 소니의 발명품처럼 자동적으로 사인했다.

그는 한번도 그녀를 보지 않았다.

그녀는 의도적으로 아주 천천히 일고여덟 걸음을 걷다가, 공격하려는 상어처럼 재빨리 하이힐 축을 이용해 몸을 돌렸다.

시간이 지나면서 줄이 줄어들더니 소수의 사람들만 남았다. 그러자 그녀는 스포트라이트를 받은 것처럼 극적으로 테이블을 향해 걸어갔다. 그녀는 지갑에서 책을 꺼내더니 다른 사람들이 다 사라질 때까지 기다렸다.

드디어 그녀의 차례가 되었다.

그 자리에서 기다리고 있는 그녀의 심장박동 소리가 들리는 것 같았다. 작가는 그녀를 쳐다보지도 않고 사인했다. 그게 전부였다. 그녀는 천천히 돌아서더니 이내 사라졌다. 문을 나가면서 그녀는 한번도 돌아보지 않았다.

그녀는 흰색 드레스를 입고 있었다.

마법에 걸린 몬태나의 자동차들

우리 모두는 살면서 어떻게 하면 좋을지 모를 때가 있다. 여기 한 가지 예를 들어본다. 친구와 나는 몬태나 주의 메인스트리트에서 운전하고 있었다. 늦은 가을 오후였고, 우리는 녹색 신호등을 지나고 있었다. 그것은 마을의 유일한 신호등이자 따분한 교차로의 목자였다.

내 친구는 우회전을 하려고 했는데, 갑자기 어떻게 하면 좋을지 몰라서 머뭇거렸다.

내 친구는 운전 경험이 많았기 때문에, 그것은 그의 운전 실력과는 아무 상관 없었다. 그는 단지 다음에 무엇을 할지 몰랐고, 나는 대단한 흥미를 갖고 사태를 주시하고 있었다.

우리가 녹색 신호등에서 움직이지 않자, 우리 뒤에는 삽시간에 긴 자동차 행렬이 생겼다. 이 조그만 마을 어디에서 그렇게 많은 차가 나왔는지 모르겠지만, 우리 뒤에는 수많은 차들이 있었다. 웬일인지 교차로에서 우뚝 멈춰 선 우리 차에 대해 아무도 소란을 피우지 않았다.

우리는 다만 녹색 신호에 정차한 수많은 차들이었다. 아마도 그들 모두 무엇을 해야 할지 몰라 그렇게 있는 것 같다.

우리 모두는 다가오는 몬태나 주의 황혼의 마법에 걸렸던 것 같다. 그래서 조급해하지 않고 차에 앉아서 라디오를 듣거나, 가족이나 사랑하는 사람을 만나려고 기다리거나, 아니면 다른 볼일을 보려고 기다렸던 것 같다. 그래서 아무 일도 일어나지 않았다. 우리는 그냥 움직이지 않고 서 있을 뿐이었다.

얼마나 시간이 흘렀는지 모르겠다.

삼십 초였을 수도 있고 일 년이었을 수도 있었다.

알 방법이 없었다.

우리 모두는 아무것도 할 수가 없었다.

우리는 무엇을 해야 할지 몰랐다.

그러다가 바로 뒤에 있던 남자가 문제를 해결했다. 그 방법은 너무나 쉬워서 왜 그 생각을 미처 못 했는지 모르겠다. 그게 모든 것을 바꾸어서 우리는 우회전을 했고, 뒤의 차들도 모두 제 갈 길을 갔다. 아무도 어떻게 하면 좋을지 모르고 있을 때, 그 남자가 차의 창문을 내리고 소리 질렀다. "움직여, 이 개새끼야!"

그게 모든 문제를 해결했다.

민속예술 같은 숙취
짐 해리슨*에게

 어제 도쿄에서 나는 숙취에 시달렸는데, 너무나 고통스럽고 진이 빠져서 그것을 그로테스크한 민속예술로밖에는 생각할 수 없었다. 그것은 당신이 알고 싶어하지 않을 판매상들에 의해 팔리고 있었다.

 진짜 나쁜 숙취는 대개는 해가 질 때 온다. 그리고 그것은 뱀처럼 죽는다. 그런데 이번 숙취는 죽지 않았다. 그것은 내 중추신경계와 위장, 그리고 내가 두뇌라고 부르는 것의 조금은 지나친 상상력이 만들어낸 민속예술로 변했다.

 그 민속예술은 형편없이 조각된 냄새나는 인형처럼 생겼고, 녹슨 맥주 캔과 석탄으로 이루어진 불쾌하고 더러

---

* 미국의 소설가. 대표작으로 《가을의 전설》이 있다.

145

운 잡동사니 같았으며, 늪의 나무 껍질 위에 놓인 악어 배설물 그림 같았고, 그리고 마지막으로 말하지만 당연히 가장 중요한 건, 보름달이 뜬 밤에만 무덤을 털 수 있는 알비노 도굴꾼들이 시체에서 벗겨낸 속옷의 실로 짜낸 형형색색의 원주민 셔츠 모양이었다는 것이다. 그들은 오직 일 년에 열두 번만 일했고, 나머지 날에는 일하지 않았다. 그들은 집에서 빈둥거리며 텔레비전만 봤고, 광고가 나올 때는 아내를 팼다.

다시 말해, 어제 같은 날이 내 인생에서 두 번 다시 없기를 바랄 뿐이다. 숙취가 없어지면 민속예술 판매상들도 사라지는데, 앞서 말한 그 이상하고도 모호한 것들을 함께 가져간다. 또한 그들은 내가 여전히 숨을 쉬고 있다는 추상적이고 흐릿한 의식을 제외한, 내 몸 안의 모든 감각을 가져갔다.

안 그래, 짐?

피자와 반대 방향으로 행군

여기 도쿄에서 그들은 잠시 쉬려고 전선에서 물러났다가 아직 전투에 복귀하지 않은 낯선 군대처럼 보였다. 그들 중 네 명은 잠깐 들른 것이었는데, 파란색 바지와 빨간색, 하얀색 줄무늬 셔츠로 된 유니폼을 입고 있었다. 플라스틱 밀짚모자 같은 헬멧은 쓰지 않았다. 그들은 외박 중이어서 군기가 느슨했다. 피자를 만들다가 나온 것이었다. 조금 떨어진 곳에는 '셰이키 피자가게'가 있다. 이 정예 부대는 그곳에서 피자를 만드는 젊은 일본인 남자들이다. 그들은 피자 주문량에 따라 전진과 후퇴가 결정되는 전쟁터에 있다가 잠시 쉬러 나오거나 외박을 나온다.

그들이 내 옆을 지나갈 때 내가 확실하게 알아낸 한 가지는, 내가 정말로 아는 것은 그것밖에 없겠지만, 그들이 피자를 주문하지는 않으리라는 것이었다.

지붕 위의 개

멀리서 지붕 위에 올라가 있는 개가 보였다. 두 마리였는데, 둘 다 콜리였다(아주 작았다). 하지만 내가 자전거를 타고 접근하자 개들은 점점 커지더니, 아주 가까워지자 짖기 시작했다.

집 옆에는 오염된 조그만 하천이 있었고, 집 뒤로는 지나갈 때 상처를 내거나 옷을 찢는 나무들이 뒤엉켜 있는 숲이 있었다.

그 집은 볼품이 없었다. 이층집에 목조건물이었다. 묘사하기도 어렵고 잊기도 쉬운 집이었다. 지붕 위의 개 두 마리만 빼면.

나는 자주 그 집 앞을 자전거를 타고 지나갔다.

그 개들이 어떻게 해서 지붕에 올라갔는지는 모르지만, 하여튼 지붕 위에 있었다.

한번은 개들이 나를 보고도 짖지 않아 불안한 적이 있었다. 믿기 어렵겠지만, 침묵보다는 짖는 쪽이 마음 편했다.

내가 자전거를 타고 지나가는데, 그 개들은 그저 나를 바라보고만 있었다.

나는 한번도 그 집에 사람이 사는 것을 보지 못했다.

그 집에 그 개들만 사는 것이 아니기를 바란다.

캘리포니아 우체부

내가 아주 직관적이었던 적은 최근까지도 없었다. 그래서 나의 초감각적 직관의 온도는 언제나 영하 2.7도 아래를 맴돌았다. 그러나 몇 달 전에 내 꿈이 현실이 되면서 모든 것이 변했다. 그런 적은 처음이었다. 나는 다음 달 받을 우편물이 아주 따분하고 흥미로울 게 없다는 내용의 꿈을 꾸었는데, 실제로 그랬다.

내가 받은 우편물이라고는 청구서와 광고 전단지 그리고 사소한 것들뿐이었다.

우체부가 오는 것을 보면 눈이 서서히 감겼다. 때로는 봉투를 개봉하면서도 졸았다.

캘리포니아는 무엇이든 가능한 곳이다.

내가 이교도 제식이라도 올려야 하는 건 아닌지 모르겠다.

거미줄 장난감

나는 오 년 전 그가 처음으로 유명해진 때를 기억한다. 그것은 아주 아름다운 장난감이었고, 그는 그것을 가지고 아주 재미있게 놀았다. 나는 그가 즐기는 것을 옆에서 바라보았다. 그는 훌륭한 작가였고, 명성을 누릴 자격이 있었다.

자, 그는 해가 뜨고 지는 시간을 추측하듯 모호함과 무질서를 추측할 수 있을 때까지 마음과 영혼을 먹고사는 명성의 그늘에 대한 책을 출간했다.

오늘 해는 오전 6시 13분에 떴고, 저녁 6시 22분에 졌다.

그것은 오 년 전 일이었다.

아, 세월은 얼마나 빠른지!

그녀의 마지막 남자친구는 캐나다 공군

그녀의 마지막 남자친구는 1944년 11월 독일 상공에서 격추된 캐나다 공군이었다. 그들의 로맨스는 겨우 일주일 동안 계속되었고, 그들은 같이 자지도 못했다. 그들은 전쟁이 끝나면 결혼하려고 했다.

그는 스물두 살이었고, 그녀는 열아홉 살이었다.

그들은 샌프란시스코의 버스 정류장에서 우연히 만났다. 그는 그전에는 중국 여자와 말을 해본 적이 없었다. 버스를 기다리는 승객은 그녀밖에 없었고, 그는 아주 쾌활하고 외향적인 성격이었다. 그래서 그를 만난 사람들은 즉시 그를 좋아했다.

"안녕하세요." 그가 말했다. "전 캐나다에서 왔답니다."

그가 떠난 후, 그들은 미래를 약속하는 편지를 매일 썼다. 그들은 아들 둘과 딸 하나, 즉 아이 셋을 가질 생각이었다.

그녀가 받은 마지막 편지는 군대의 목사에게서 온 것이었다.

그는 당신 이야기를 자주 했습니다, 등등.

만일 무슨 일이 생기면 저보고 편지를 대신 써달라고 했지요, 등등.

제가 알기로 그는 당신이 ○○ 하기를 원했을 겁니다, 등등.

편지를 다 읽고 나자 그녀의 삶도 끝났다. 그녀도 남자의 뒤를 따라 죽은 것이나 마찬가지가 되었다. 그녀는 전 과목 A를 받던 대학을 중퇴하고, 잭슨 거리에 있는 중국 음식점에서 접시 닦는 일을 시작했다. 그 식당에서 일하는 사람들은 그렇게 아름다운 여자가 접시를 닦으며 사는 것이 이상하다고 생각했다.

그녀가 할 수 있는 일은 많았다.

그녀는 마치 부엌의 유령 같았다.

몇 년 동안 사람들은 그녀와 이야기를 하고 싶어했지만, 그녀는 아무 말이 없었다. 드디어 그녀가 아름다움을 잃자 사람들의 관심도 사라졌다.

그녀에 대해 알려진 것이라고는, 한때 캐나다 공군과 사랑을 했다는 것뿐이었다.

그녀는 한번도 접시에서 눈을 들어 다른 사람을 보지
않았다.

무려 삼십오 년 동안이나.

그녀는 한번도 보지 못한 사람들이 남긴 음식 찌꺼기
를 긁어냈다. 그들의 식사가 그녀가 묻히는 무덤이 될 것
이다.

정육점 주인

 장갑을 끼고는 고기를 썰 수 없을뿐더러 장갑을 낀 사람에게는 아무도 고기를 사지 않을 것이다. 장갑과 고기는 서로 어울리지 않는다. 그래서 정육점 주인은 손이 차다. 정육점 주인이 그렇게 말해주어서 알게 되었다.

 나는 저녁식사 때 먹을 고기를 사려고 샌프란시스코의 고기가게에 있었다. 뭘 사야 할지는 나도 몰랐다. 그래서 고기 진열장을 이리저리 오갔다. 폭찹, 햄버거, 양고기, 죽은 닭, 그리고 신선하지만 흐릿한 눈의 생선 앞을 오갔다.

 정육점 주인은 아무 말 없이 나를 바라보았다. 중년인 그의 얼굴에는 인생의 절반을 산 사람의 휴식 같은 것이 엿보였다. 이제 머지않아 늙은이의 얼굴이 될 것이었다.

 나는 멈춰 서서 라운드 스테이크 한 조각을 쳐다보았다. 그것은 별로 양에 차지 않아서 좀더 관심 있는 양고기

쪽으로 갔다. 거기에서 나는 스물다섯 덩이의 양고기 중 한가운데에 있는 양고기를 봤다. 그것은 다른 양고기 위에 있어서 마치 꼭대기로 기어 올라간 것처럼 보였다. 나는 그 양고기의 용기를 높이 샀다.

나머지 스물네 덩이의 양고기들은 별 의미가 없었다. 그것들은 이름 없는 모래나 다름없었다. 나는 그 용감한 양고기를 요리해서 저녁식사로 먹는 것을 상상해봤다. 나는 혼자 살고 있어서, 양고기는 내 외로운 식사를 풍성하게 해줄 것이었다.

그날은 구름이 가득 찬 우울한 샌프란시스코의 어느 여름날이었고, 그런 날씨는 며칠 동안 계속될 것이었다. 그러다 보면 미국에 과연 여름이라는 것이 있는지 의심하게 된다.

"난 손이 찹니다." 정육점 주인이 말했다.

나는 눈을 들어 그를 바라보았다.

그가 누구에게 말하는지 확실하지 않았다.

그는 나에게 말하고 있었다.

나는 그의 손을 보았다.

그는 체념하듯 두 손을 맞잡은 채 앞으로 모으고 있었다. 닳고 닳은 그의 손은 회색과 붉은색이 섞인 것처럼 보였다. 수십 년 동안 죽은 고기를 썰다 보면 손이 차가워질 것이었다.

　나는 적당한 대답을 생각해봤다. 갑자기 내 손이 아주 따뜻하게 느껴졌는데, 심지어 뜨겁기까지 했다. 나는 죄의식을 느꼈다. 내 혀는 사막처럼 말랐고, 나는 그 사막에서 물도 없이 길을 잃었다.

　그때 정육점 주인이 입을 열어 내 곤란한 처지의 사슬을 끊어주었다. "난 트럭 운전사가 될 수도 있었답니다. 군대에서 트럭을 몰았거든요. 트럭을 몰았어야 했는데, 그랬더라면 이렇게 손이 차갑지는 않았겠지요."

　그러자 내 손의 피가 끓기 시작했다.

　나는 사람들이 누가 무슨 말을 했는데 답변이 곤란할 때 그러듯이, 일종의 어색한 미소를 지었다.

　정육점 주인은 두 손을 비비더니 농담으로 분위기를 풀어보려고 했지만, 그의 입에서는 한마디의 말도 나오지 않았다. 그의 입이 좀 움직였다가 멈추었고, 우리는 그가 진짜로 농담을 했다는 듯이 미소 지었다.

　내가 양고기 쪽으로 걸어갔을 때, 그는 여전히 찬 손을 비비고 있었다.

요츠야 역으로

어느 면으로 보나 그녀는 삼십 대 초반의 아름다운 여
자였다. 그녀는 이목구비가 괜찮게 생겼는데, 완벽한 작
은 입은 솜씨 좋은 공장에서 야근을 하며 장미꽃으로 만
든 것 같았다. 그녀의 얼굴에서 유일한 결점은 눈이었다.
그녀의 눈은 아름다웠지만 개성이 부족했다. 그러나 대부
분의 남자들은 여자의 개성에 관심이 없기 때문에 별 문
제가 되지 않았다.

그녀의 몸은 다부지고 비율이 좋아서 보기 좋았다. 발
목은 매끈했고 가슴도 적당히 풍만했다.

우리가 도쿄 지하철을 타고 돌진하듯 나아가고 있을
때, 맞은편에 앉은 그녀는 무심코 턱 밑 피부를 만지작거
리고 있었다. 우리가 다음 역에 도착하고 그다음 역으로
가고 있을 때까지도, 그녀는 턱 밑 피부를 잡아당기며 탄

력이 있는지를 확인하고 있었다.

지상에 있는 1200만 명의 사람들이

행복한 최고의 삶을 살려고 하는 동안

그녀는 턱 밑 피부의 탄력과 앞으로 반드시 오게 될 세월에 대해 계속 생각했다. 그 시간은 올 것이다. 돌진하듯 나아가는 우리 앞에 있는 역처럼.

요츠야 역에 오신 것을 환영합니다.

그러나 요츠야 역은 가는 길에 있는 또 다른 역 중 하나일 뿐.

이 강처럼 안전한 여행

이 모든 것 위에 사랑을 더하라…….

_골로새서 3장 14절

어젯밤 누군가가 몬태나 남부 옐로스톤 강의 강둑 근처에 있는 랜치 하우스*의 부엌문을 두드렸다. 옐로스톤 강은 미주리 강으로 이어져 미시시피 강에 합류했다가 최종 기착지인 멕시코 만으로 흘러들어간다. 여기 있는 산들에서, 이 부엌문에서, 그리고 어젯밤의 노크 소리에서 멀리 떨어진 그곳으로.

나는 무엇인가를 요리하느라 바빴다. 사실 누군가가 부엌문을 노크한다는 것은 생각조차 할 수 없었다. 내가 움

---

* 목장에 있는 옆으로 길쭉한 단층집.

직이기 전에 나와 이야기하던 내 친구가 문을 열었다. 나는 치킨과 버섯이 가득 들어 있는 프라이팬에 온 정신을 쏟고 있었다.

나는 그 사람들이 부엌으로 들어와서 그들이 누구인지, 무엇을 원하는지 말해주기를 바랐다. 또한 왜 현관문으로 들어오지 않았는지도 궁금했다. 집 앞에 있는 문으로 오는 게 더 쉬운데 말이다. 들어오는 길목에 있으니까. 밤에 집을 빙 돌아서 부엌문으로 오는 사람이 있었던가. 기억나지 않는다. 언젠가, 아주 오래전에 그런 사람이 있었겠지만, 그때 나는 여기 살고 있지 않았다.

그 사람들은 부엌으로 들어오지는 않았다. 그 사람들은 집 뒤쪽 베란다에서 내 친구와 짧게 이야기를 나누고는 나는 만나지도 않은 채 돌아갔다.

그들이 말한 단어 몇 개는 아이들 말처럼 들렸다.

"파라다이스 밸리에 오신 걸 환영합니다."

그게 내가 알아들을 수 있는 전부였다.

내 친구는 노란색 팸플릿을 들고 서 있었다.

"누구야?" 내가 말했다.

"두 소녀가 우리를 교회에 초대했어."

손으로 만든 그 노란 팸플릿은 이곳 교회에 대한 것이었다.

파라다이스 밸리 지역교회

파인 크리크 감리교회

성 요한 감독교회

몬태나 주 에미그란트

그것은 목사들의 이름과 전화번호 그리고 교회들이 제
공하는 여배 종류를 담은 단순한 등사판 팸플릿이었다.

노란색 표지에는 꽃들이 그려져 있고, 골로새서 구절이
있었다.

내 친구는 소녀들이 열 살이나 열한 살쯤 되어 보였다
고 말했다. 나는 그들을 보지 못했지만, 가을밤에 찾아와
교회에 초대해주다니 고마웠다. 심성이 착한 아이들이었
겠지. 나는 그들의 인생이 머나먼 집이자 미래인 멕시코
만으로 흘러가는 옐로스톤 강처럼 안전한 여행이 되기를
바랐다.

이 아이들 또한 흘러갈 것이다.

사라진 주차 공간

어느 더운 날, 신부가 성당에서 나오다가 하마터면 나하고 부딪칠 뻔했다. 그는 검은색 짧은 소매 옷을 입고 있었다. 신부들이 있는 여름옷이었을까? 그거야 알 수 없지만, 어쨌든 더운 날이었다.

"없어졌네!" 신부가 주차장에 주차되어 있는 차들을 보고 화가 나서 말했다. 주차장에는 빈자리가 없었다. 그는 엄숙하게 차려입은 어린아이처럼 보도에서 발을 굴렀다.

그는 화가 나서 고개를 흔들었다.

"방금 전에 여기 빈자리가 있었는데!" 그는 바로 뒤따라 나와서 말없이 서 있는 늙은 신부에게 말했다. "이제 다른 주차 공간을 찾아야겠네."

하늘나라에는 주차 공간이 많기를!

스튜디오 54

어느 때나 항상

나는 칠 년에 대해 말하고 있다. 내가 친구에게 전화를 하면 그는 언제나 집에 있었다. 칠 년 동안 육십 번이나 칠십 번쯤 전화를 했는데, 그는 매번 전화를 받았다.

내 전화에는 아무런 패턴이 없었다. 그냥 시도 때도 없이 전화를 걸었다. 마음이 내킬 때 전화했다. 내 손가락이 일곱 자리 숫자를 입력하면 그가 "여보세요" 하고 전화를 받는 식이었다.

우리 통화는 대부분 전혀 중요하지 않았다. 중요한 것은 그가 언제나 거기 있었다는 것이다. 아침이든 밤이든 말이다.

그는 자신이 직장에 다닌다고 말했다. 하지만 아무런 증거도 없었다. 그는 몇 년 전에 결혼했다고 했지만, 나는 그의 아내를 만난 적도 없고, 그녀가 전화를 받은 적도 없었다.

나는 오늘 1시 15분에 그에게 전화를 걸었고, 그는 당연히 전화를 받았다. 전화벨은 단지 한 번 울렸을 뿐이다. 최근에 나는 그가 1972년 이래로 계속 집에 앉아서 내 전화를 기다리고 있다는 생각이 들었다.

한겨울에 트럭 타이어를 먹는 까마귀

우리는 몬태나 주 파인 크리크를 떠나 공항에서 친구를 마중하려고 보즈먼으로 갔다. 그 친구는 캘리포니아 주 로스앤젤레스에서 오고 있었다.

눈이 많이 와서 대지가 하얀 감옥 같았고, 온도는 항상 영하 13도였으며, 칼바람은 북쪽 나라에서 누가 보스인지 보여주려고 작정한 것 같았다.

내 친구는 착륙하면 놀랄 것이다. 그의 얼굴에 나타난 표정을 보는 것은 재미있을 것이다. 로스앤젤레스 국제공항으로 가면서 야자나무를 본 그가 여기에 내리는 순간, 야자나무는 머나먼 과거의 일이 될 것이기 때문이다. 그 야자나무는 어린 시절의 추억처럼 느껴질 것이다. 어쩌면 여섯 살 때 처음 야자나무를 보았는지도 모르겠다.

내 생각이 옳았다. 우리는 파인 크리크로 돌아왔다.

파인 크리크의 겨울은 새하얀 갑옷 같았고, 길은 갑옷을 베어내는 얼음 칼이었다.

길을 돌자 장님의 꿈처럼 새까만 여섯 마리의 거대한 까마귀가 있었다. 까마귀들은 길 한가운데에서 트럭 타이어를 먹고 있었다. 우리가 다가가도 그들은 비키지 않았다. 그들에게는 두려움도 없었고, 우리를 보내줄 생각도 없었다. 그들은 그저 트럭 타이어를 먹고 있었다. 그래서 우리는 그들을 피해서 갔다.

"대단한 겨울이군." 내 친구가 말했다. 그의 마음속에서 이제 로스앤젤레스는 사라졌고 유령 마을만 있었다. "까마귀들이 무척이나 배가 고픈가봐."

내 마음속에서 끓고 있는 어떤 것

나는 몇 년 동안 그것을 생각하고 있다. 그것은 내 마음속 버너에서 계속 끓고 있는 수프 같았다. 나는 그 수프를 수천 번도 더 저었다……흘러가는 세월이 초조해서. 세월은 나를 점점 더 나이 들게 해서 예전의 내가 아니게 만들었다.

……물론 그것은 여자 때문이고……그래서 그렇게 오래……끓고 있다.

천천히

내가 글로 쓸 때까지. 나는 그 여자의 이름도 모르고, 그녀가 금발에 키가 작다는 것 외에는 어떻게 생겼는지도 모른다. 눈은 파란색이었던 것 같은데 이것도 확실하지 않다.

그녀의 관점은 건전했고 성격은 유쾌했다는 게 기억난

다. 비록 내가 기억할 수 있는 건 그녀와 이야기를 했다는 것 한 가지뿐이지만.

나는 술에 취해 있었다. 위스키는 나의 지성을 열대의 폭풍우처럼 무디게 했다. 비에 흠뻑 젖은 원숭이들이 내 마음속에서 뛰놀고 있었다.

내가 하는 말은 전혀 의미가 없는 것이었지만, 그녀는 내게 관심이 있었다. 나는 그녀가 나를 올려다보던 모습을 기억한다. 그녀는 나를 재미있어했다. 우리는 몇 분 동안 이야기했다. 아니, 몇 시간이었던가? 우리는 어느 술집에 있었다. 거기에는 사람들이 많았다. 그들의 옷이 각양각색으로 불빛에 흔들렸다.

그녀는 내 말을 듣고 있었다.

내가 기억하는 것 한 가지는 그녀의 몸에 대해 내가 말한 것이었다.

그러고 싶었다.

"좋아요!" 그녀는 열렬하게 말했다. "하지만 술 깨고 다시 와요."

이것이 이튿날 아침에, 개미핥기 굴에 먹이 주는 시간이 되었는데 내가 그 먹이라도 된다는 듯이, 전형적인 숙취에 시달리며 침대에서 홀로 깨어났을 때 기억난 그녀의 유일한 말이었다. 나는 아직도 옷을 입고 있었다. 아니,

더 정확하게는 옷이 나를 입고 있었다. 오, 맙소사. 나는 내가 어제 어디에 갔었는지, 어떻게 집에 돌아왔는지 전혀 기억나지 않았다.

그래서 나는 누워서 그녀를 생각했다.

나는 신선한 식재료처럼 그녀의 말을 받아서 조심스럽게 썬 다음, 내가 지금까지 말한 모든 것과 함께 커다란 솥에 넣고 그 밑에다 천천히 타오르는 불을 붙였다. 몇 년 동안 끓여야 하는 것이었으니까.

"좋아요!" 그녀는 열렬하게 말했다. "하지만 술 깨고 다시 와요."

문제는 내가 어디로 가야 하는지 알 수 없다는 것이었다.

추운 왕국 기업

옛날 옛적에 살기 위해 오십 개 단어만 써야 하는 난쟁이 기사가 있었는데, 그만 단어를 순식간에 다 써버렸다. 이제 그에게는 갑옷을 입고 재빨리 검은색 말에 올라타 불이 잘 붙는 숲으로 들어가서 영원히 사라져버릴 만큼의 시간만 남게 되었다.

오사카의 아름다운 오렌지

오사카는 일본 남쪽에 있는 중공업 지대로, 인구는 833만 3845명이다. 그곳은 오렌지로 유명하지는 않다.

오늘 저녁 나는 오사카에서 온 아름다운 오렌지를 먹을 생각을 하고 있었다. 그것은 아주 달콤했고, 아주 맛있었으며, 아주 오렌지다웠다. 나는 그것들이 동양의 오렌지 수도라 불리는 오사카의 수천 개의 과수원에서 재배되는 것을 보았다.

나는 도시가 오렌지에 사로잡혀 있는 것을 볼 수 있었다. 모두가 오렌지를 먹었고, 모두가 오렌지와 모두의 혀에 있는 오렌지 이야기를 했다. 오렌지와 더 많은 오렌지. 그리고 오사카의 아기들에게서는 오렌지향이 났다. 이런 생각을 했던 사람은 나밖에 없다.

익사한 일본 소년

누군가 그의 테니스화를 벗겨야만 한다. 나중에 생각난 것이지만, 필요하지도 않은데 계속 신고 있게 하는 것은 우스꽝스럽다.

하지만 아무도 그렇게 하려고 하지 않았다.

그의 신발은 젖었고 너무 차가워서 침묵에 가까운 이상한 흰색을 띄었다.

그는 물에서 몇 센티미터 떨어진 곳에서 테니스화를 신은 채 누워 있었다. 그는 자신이 죽음으로 가득 차서 그렇게 누워 있다는 것을 영원히 모를 것이다.

1978년 7월 14일, 도쿄에서

거대한 황금 망원경

그녀는 자제심이 없었고 15킬로그램 과체중이었다. 그녀의 길고 검은 머리카락은 엉켜서 빗으려고 해도 말을 듣지 않았다. 그녀의 옷은 어설프고 쓸쓸했다.

그녀가 원하는 것은 계속 말하는 것이었다.

오두막에는 사람들이 열두 명 아니면 열네 명 정도 있었다.

작은 마을 외곽, 뉴멕시코 산기슭에 있는 움막에서 열린 느슨한 디너파티에서였다.

음식은 맛있었다.

우리는 마루에 둘러앉아 음식을 먹고 있었다.

우리는 모두 히피처럼 보였다.

트럭 뒤에 타고 그 집으로 가는데, 길에는 봄눈이 조금 내렸다. 달라붙지 않는 진눈깨비였다. 잠시 후 그 집 밖에서 아름다운 일몰을 볼 수 있었다. 그런 다음 나는 두 마리의 암컷 고양이, 한 마리의 수컷 고양이와 놀았다. 그리고 뉴멕시코가 얼마나 큰지에 대해 놀랐다.

그 집에서는 모든 것이 느슨했고 아주 캐주얼했다. 그 여자만 빼고. 그 여자는 우리가 무슨 말을 하든 끼어들었는데, 중요한 이야기는 아니었지만 나중에는 신경에 거슬렸다.

우리는 인내심이 아주 많았다. 그녀는 실수연발에 아주 천천히 말했다. 그녀는 마치 집안에 문제아가 하나 있는 것 같았다.

그녀는 다음과 같이 말했다.

1. 우리 모두는 캘리포니아 해변에서 자라는 해초로 옷을 만들어야 한다. 밖에 있는 폭스바겐 버스에는 해초로 만든 옷 디자인 여러 개가 가득 그려져 있는 그녀의 공책이 있다. 그녀는 저녁을 먹고 나서 그 공책을 가져오려 한다. 그녀의 세 아이는 폭스바겐 버스에서 자고 있다. 그녀는 고기를 먹지 않지만, 오늘 저녁은 예외로 하려고 한다. 아이들은 아주 피곤하다.

(나중에야 안 사실이지만, 이 집에 있는 사람들 중 그 누구도 전에 그 여자를 전에 본 적이 없었다. 그녀는 그냥 와서 합석한 것이

다. 아마도 그 여자는 지나가다가 음식 냄새를 맡고 주차와 식사가
가능하다는 것을 알았던 것 같았다.)

2. 우리는 해초 옷으로 떼돈을 벌 수 있다. 모두가 그
옷을 원할 것이다. 타오스에 사는 데니스 호퍼를 비롯한
모두가, 아마 프랭크 자파도, 그리고 캐럴 킹도. 그러면 그
돈으로 사람들이 평화롭고 조화롭게 살 수 있는, 거대한
황금 망원경이 있는 산을 사면 된다. 그녀는 그 산이 어디
에 있는지 알고 있다. 산의 가격도 싸다. 해초 옷을 팔아
서 번 돈, 몇십만 달러만 있으면 살 수 있다.

(아무도 그녀의 말에 관심을 두지 않았다. 왜냐하면 그런 말은
마약에 취한 사람들이나 현실에서 유리된 사람들이 늘 하는 말이었
기 때문이다. 다만 누군가는 그 망원경은 왜 필요한지 물어볼 수도
있었을 것이다. 하지만……)

3. 그녀가 다른 말로 화제를 돌리자 망원경의 미래는
매우 불투명해지고 말았다.

(나는 음식을 더 먹었다.)

4. "그런데 말이에요." 그녀가 서부영화에서 볼 수 있는
구식 기차 엔진처럼 생긴 배를 만들 수 있고, 그 배를 실

제로 존재하는 사륜기차에 싣고 캘리포니아 해안으로 가
져가 우리의 해초 옷 가게 옆에 정박해두면 멋져 보일 것
이라고 구구절절 이야기하다가 말고 갑자기 말했다. "제
가 폭스바겐 버스에 너무 오래 있었나 봐요."

제시 제임스*를 쏜 사나이

어렸을 때 나는 벽에 그림을 걸고 있는 제임스를 누가 뒤에서 쏴 죽였는지 알고 있었다.

제시 제임스는 내 어릴 적 영웅이었기 때문에, 그 사람의 이름은 내게 내 이름처럼 익숙했다. 나와 내 친구들은 총에 맞은 제시에 대해 늘 이야기했다. 제시 이야기는 우리가 좋아하는 주제 중 하나였고, 언제나 슬픔과 분노를 자아냈다. 제시 제임스의 죽음은 우리에게 가족의 죽음만큼이나 생생하고 중요한 사건이었다.

그러나 마흔세 살이 되자 나는 더 이상 제시 제임스를 쏜 사람을 기억하지 못한다. 하루 종일 생각해보았지만 그 이름은 내 마음속 다른 기억들의 계곡과 크레바스 어

---

* 미국 서부개척시대에 활동한 은행강도단 두목으로, 그를 소재로 한 수많은 서부극과 민담이 있다.

디인가에 숨어서 영원히 사라졌다.

나는 팻 개릿이 빌리 더 키드를 쏜 것을 기억할 수 있다. 그리고 돌턴 갱단이 캔자스 주 코피빌에는 절대 가지 말았어야 한다는 것도. 갱단은 그곳의 작은 은행을 털다가 총알세례를 받고 문간에서 뻗었고, 그 시체는 사진에 찍혀 대대손손 남았기 때문이다.

캔자스 길거리 문간에 누워 있는 시체 사진으로 남기를, 그리고 그렇게 기억되기를 원하는 사람은 아무도 없다.

……윽.

그럴 필요는 없다.

그런데 이것이 내가 내 어릴 적 영웅인 제시 제임스를 쏴 죽인 사람을 아직도 기억하지 못하게 한다. 나는 필사적으로 그의 이름을 생각해보려 한다.

그 이름이 매슈나 윌, 샘, 리처드로 시작했던가? ……알 수 없다. 한때 내가 알았고 내게 그렇게 중요했던 것들을 지금은 기억할 수 없다. 시간의 힘은 서부의 전설을 앗아 갔다. 어디로 갔는지도 모른 채 사라진 들소 떼처럼.

춤추는 발

그는 일 년에 세 번 도쿄에 오는 비즈니스맨이다. 그는 구두에 관심이 많았다. 그것이 그의 직업은 아니었다. 그는 이상한 인연으로 컴퓨터 일을 하게 되었지만, 구두야말로 그가 진정으로 관심 있는 분야였다. 사실 그가 관심 있는 것은 구두라기보다는 발이었고, 그것도 일본 여자의 발이었다.

그는 구두를 신고 다니는 발을 보기 위해 일 년에 세 번씩 일본에 온다. 그는 일본에서 대개 이주일씩 머무는데, 구두를 신어보는 일본 여자들의 발을 보기 위해 구둣가게에 간다. 그는 또한 도쿄의 보도를 조심스럽게 살피는데, 보도야말로 다양한 구두들이 마치 움직이는 조각처럼 전시된 화랑과도 같았기 때문이었다. 때로 그는 자기가 일본의 길거리였으면 하고 바랐다. 그랬다면 그것은 그에게 파라다이스였을 것이다. 하지만 과연 그의 심장이 그 기쁨을 견뎌낼 수 있었을까?

관습적인 이야기였다면, 이쯤에서 그 사람의 인생 이야기가 나왔을 것이다. 그의 나이나 국가, 배경이나 가족이야기 또는 그는 자위를 하는가, 성불구인가 하는 이야기들. 하지만 나는 그러지 않는다. 왜냐하면 그런 것은 중요하지 않기 때문이다.

중요한 것은, 그가 일 년에 세 번 일본에 와서 일본인들의 구두와 그 속의 발을 보면서 이주일을 보낸다는 것이다. 물론 여름은 그에게 최고의 성수기였다. 사람들이 샌들을 신기 때문이다.

일본행 비행기를 탈 때마다 그는 창가에 앉는다. 그리고 수천 개의 춤추는 발들이 신발 속에서 창가로 지나가는 것을 보곤 한다.

열일곱 마리의 죽은 고양이

    1947년, 내가 열두 살 때 내게는 열일곱 마리의 고양이가 있었다. 수컷 고양이와 어머니 고양이 그리고 아기 고양이들이었다. 나는 1.6킬로미터 떨어진 연못에서 고양이에게 줄 물고기를 잡곤 했다. 고양이 새끼들은 푸른 하늘 아래에서 낚싯줄을 갖고 노는 것을 좋아했다.

1947년 오리건부터 1978년 캘리포니아까지

테이스티 프리즈의 불빛

나는 몇 주 전 테이스티 프리즈에서 불빛을 보았고, 이후 내내 그 생각을 했다. 테이스티 프리즈는 작년 10월부터 닫혀 있었다.

지금은 3월 초이다.

6월이나 여름까지는 닫혀 있을 것이다. 나는 여기 딱한 번 왔는데, 그때는 여름이었고 테이스티 프리즈는 열려 있었다. 그때가 몇 년 전이었고 내가 몹시 바빴기 때문에, 정확하게 언제 개장했는지는 기억나지 않는다.

혹시 5월이나 그 이전에 열었는지도 모르겠다.

알 수 없다.

하지만 한 가지만큼은 확실하다. 작년 10월까지 그들은 언제나 노동절* 직후에 닫았고, 그것은 봄, 여름, 가을이 무척 짧고 겨울이 엄청나게 긴 몬태나에서는 여름이 끝나간다는 것을 상징했다.

그들은 훌륭한 햄버거인 빅 티 버거를 팔았고, 맛있는 어니언링과 오십 가지 셰이크를 팔았다. 날마다 각기 다른 셰이크를 마셔도 두 달 동안은 겹치지 않고, 몬태나의 여름처럼 또 레드 로즈부터 새로 시작할 수 있을 것이다. 레드 로즈 향이 싫으면 그래스하퍼 셰이크부터 시작해도 될 것이다.

농담이 아니다.

어쨌거나 테이스티 프리즈는 9월 초에 닫았고, 그것은 나를 슬프게 했다. 나는 나이 들어가고 있었고, 문을 닫는다는 표지는 내 인생에 여름 하나가 줄어들었다는 것을 의미하니까.

······더 이상 빅 티 버거도 없고 칠백 개의 향이 다른 밀크셰이크도 없다니······.

얼마 후 당신이 얼마나 밀크셰이크를 사랑하는지 그들이 알면, 당신이 처음 마신 레드 로즈와 그래스하퍼에서 좀더 범위를 넓혀 모든 향을 섞은 셰이크도 만들어줄지 모른다.

기나긴 겨울 동안 내가 차를 몰고 지나갈 때마다 테이

---

*   미국의 노동절은 9월의 첫 월요일이다.

스티 프리즈는 닫혀 있었고 밤에는 어두웠다. 그런데 몇 주 전에 차를 몰고 지나가다가 불빛을 본 것이다.

누군가가 테니스티 프리즈 안에 있었다. 오, 올해는 6월까지 기다리지 않고 2월에 문을 열었나 보다고 나는 생각했다. 그것은 좋은 생각이었다. 그것은 마치 눈 덮인 몬태나에 여름이 일찍 오는 것 같았다.

그다음 날 내가 차를 몰고 지나갈 때, 닫힘 표지는 여전히 붙어 있었고 밤에도 다시 어두워서 달라진 것은 전혀 없었다. 분명히 문을 닫았고, 5월이나 적어도 6월까지는 열지 않을 것이며, 겨울 동안에는 닫혀 있을 것이다.

그날 밤에는 누군가가 다음 여름을 위해 재고나 밀크셰이크 향을 확인하고 있었겠지. 아니라면 그 누가 10월 말부터 닫혀 있는 그곳에 들어가 밤에 불을 밝혔겠는가.

하지만 나는 계속해서 그것에 대해 생각했다. 그 사람이 무엇을 했는지에 대해서가 아니라 테이스티 프리즈가 재개장하기 몇 달 전에 켜진 불빛에 대해서.

가끔 사람들이 나에게 카터 대통령이나 파나마 운하 같은 중요한 이야기를 하면서 내가 듣고 있다고 생각할 때, 나는 테이스티 프리즈의 불빛에 대해 생각하고 있었다.

일본의 눈(眼)

나는 도쿄 외곽에 있는 일본인 집을 방문했다. 아주 좋은 사람들이었다. 부인이 문간에서 우리를 맞았다. 한때 그녀는 아주 유명한 텔레비전 스타였다. 그녀는 여전히 젊고 아름다웠으며, 이제는 은퇴해서 결혼생활과 자녀들에게 전념하고 있었다.

그녀의 남편까지 포함해 우리는 모두 네 명이었고, 내가 유일한 외국인이었다.

우리는 우아하게 환영받으며 집으로 들어갔고, 곧 부엌 옆에 있는 서양식 다이닝룸에 앉았다. 그의 아내는 약간의 주전부리와 우리가 마실 사케를 준비하느라 분주했다. 우리가 막 앉자마자 친절한 그 집 남편은 "제가 이 집의 사자^{lion}이올시다"라고 농담했다.

나는 그게 무슨 말인지 몰랐지만, 어떤 의미가 있으리

라 생각했다. 아니라면 그가 왜 그런 말을 했겠는가? 아마도 나를 위해 한 말 같았다. 나는 집을 둘러보았다. 현대식이고 안락했다. 남편도 유명한 일본배우였다.

곧 우리는 얼음을 넣은 사케를 마셨는데, 그것은 덥고 습한 일본의 6월 밤에 어울리는 술이었다. 부인은 여전히 바빴다. 그녀는 우리가 먹을 음식을 준비하고 있었고, 남편도 그중 일부를 요리하며 아내를 도왔다. 부엌에서 그들은 아주 효율적인 팀이었다. 물론 이것도 연기의 각본일 수도 있다.

잠시 후 식탁에는 수많은 훌륭한 요리들이 올려졌다. 우리는 먹고 마시고 이야기했다. 이제 그녀는 더 할 일이 없었다. 손님이 도착한 후로 그녀는 앉지 못하고 있었다.

이제 그녀는 앉았지만 식탁에 앉지는 않았다. 그녀는 150센티미터쯤 떨어진 곳에 앉아 우리의 대화를 듣고 있었다. 나는 150센티미터 떨어진 곳에 앉아 있는 그녀를 바라보며, 우리가 도착했을 때 그녀의 남편이 말한 "제가 이 집의 사자이올시다"라는 농담을 생각했다.

그때는 그게 무슨 말인지 몰랐고, 다만 어떤 의미가 있다는 것만 알았는데, 우리와 합석하지 못하고 150센티미터 떨어진 곳에 앉아 있는 부인을 보면서 이제는 그 뜻을 알게 되었다.

나는 그녀의 눈을 바라보았다. 그녀의 눈은 검고 아름다웠다. 그것은 행복한 눈이었다. 우리가 와서 그녀는 행복했다. 그녀는 우리를 편안하게 해주려고 최선을 다했고, 이제는 우리 존재를 즐기고 있었다.

그녀의 눈에서 나는 일본의 과거를 보았다. 수천 년 동안 식탁에 앉지 못했지만 행복한 일본 여자들을 보았다. 이 글을 쓰면, 나는 내 글을 읽다가 이를 갈며 생각하는 미국 여자들의 모습이 눈에 선했다. **오, 남성 폭압의 가엾은 노예여! 하녀처럼 그자들의 시중을 드는 대신 그자들의 고환을 발로 차야 해!**

나는 그들의 표정을 상상한다.

나는 그들의 눈이 이 방의 분위기와는 너무나 동떨어진 증오로 가득 차 있는 것을 본다.

복숭아의 마술

몇 정거장을 더 가야 하나?
몇 정거장을 더 가야 하나?
몇 정거장을 더 가야 하나?
순록 정거장까지 가려면?

어제 나는 필요하지도 않은 복숭아 네 개를 샀다. 내가 식료품점에 들어갔을 때에는 복숭아에 아무런 관심이 없었다. 지금은 기억이 안 나는 뭔가를 사러 갔기 때문이었다.

내가 그 뭔가를 사러 과일 매대로 갔을 때 복숭아를 보았다. 복숭아를 사려는 것은 아니었지만, 나는 멈춰 서서 복숭아를 바라보았다. 그것들은 아름다웠지만, 그렇다고 해서 살 필요는 없었다. 살면서 수많은 아름다운 복숭아를 봐왔기 때문이다.

나는 별생각 없이 복숭아 하나를 집어 들고 얼마나 단단한지 눌러보았다. 딱 좋았다. 지난 십이 년 동안 수백 개의 복숭아들이 그랬다.

그렇다면, 무엇 때문에 필요도 없는 복숭아를 샀던가.

나는 복숭아 냄새를 맡았는데, 그곳에서는 내 어린 시절의 냄새가 났다.

거기에 서서 나는 복숭아가 대단한 사건일 수도 있었던 과거로 돌아가는 기차를 타고 과거로 여행을 떠나고 있었다. 그곳이 여름날 한 무리의 순록들이 복숭아 바구니를 안전선 끝에 옮겨놓으며 참을성 있게 기차를 기다리는 순록 정거장이라도 된다는 듯이.

몬태나의 타임스퀘어

제1부

나는 오래전, 지금은 죽은 사람들이 살아 있던 시절에 레드우드*로 지어진 헛간 옥탑방에서 이 글을 쓰고 있다. 빌리 더 키드, 루이 파스퇴르, 빅토리아 여왕, 마크 트웨인, 메이지 일왕, 그리고 토머스 에디슨 같은 사람들이 살았던 시절에.

몬태나의 산지에는 레드우드가 없기 때문에 서부 해안에서 가져온 나무들로 삼층 높이의 헛간을 지었을 것이다. '층'이라는 말이 헛간의 높이를 말해주는 적절한 단어라면 말이다.

이 헛간의 토대는 빙하시대의 암석들로 되어 있는데,

---

* 캘리포니아 삼나무로, 나무 중 가장 높고 붉은빛을 띠고 있다.

레드우드와 내가 앉아서 글을 쓰고 있는 곳 바로 위에서 끊임없이 변하는 몬태나의 하늘을 바라보는 이 헛간을 힘을 합쳐서 지탱하고 있었다.

암석들은 또한 헛간의 지하실을 이루고 있었는데, 일반적으로 헛간에는 지하실이 없기 때문에 이는 특별한 것이었다. 그 지하실은 또 다른 시대를 위해 남겨진 또 다른 세계였다.

나중에…….

이 헛간의 높은 곳에 있는 내 집필실에 가려면 죽음을 향해 가듯, 또는 지금은 눈으로 가득 찬 하늘을 향해 가듯 형이상학적 디자인의 층계를 한 칸씩 올라야만 했다.

그 층계는 완만하게 연결되는 두 개의 계단으로 나뉘어 있고 손잡이 난간이 있어서 집필실을 오르내리다가 떨어질 염려는 없었다.

……떨어지는 것은 좋지 않다.

첫 번째 계단 끝에는 전구가 있었고, 두 번째 계단 끝에도 전구가 있었다.

전기 스위치는 헛간 아래에 하나, 꼭대기에 하나가 있어서 나는 위아래에서 마음대로 불을 켰다 껐다 할 수 있었다. 불을 켜면 헛간은 해가 지는 숲처럼 아름다운 붉은 빛으로 변했고, 내가 오르내리는 길을 밝혀주었다.

나는 스위치를 켰다가 끄는 것을 좋아했다. 그러면 층계가 레드우드 빛깔 석양에 반사된 크림색 소나무로 만든 빛나는 다리처럼 보였고, 몬태나에서의 내 일상의 중요한 연결점처럼 보였기 때문이다.

[다소 두서없이 이야기하면, 이 헛간에는 친구가 되어주는 새들이 살고 있고, 말을 위해 저장해놓은 건초가 있는 아래층에서 토끼들이 겨울을 나고 있다. 다량의 건초 더미에 토끼의 배설물이 버섯처럼 놓여 있었다. 때로 외로울 때면 토끼가 내 커다란 문학관을 나누어 쓰고 있다는 사실이 위안이 되었다. 배설물이 아닌 토끼를 직접 본 적은 한번도 없지만. 이제 다시 불빛으로 돌아가자.]

나는 글을 쓰면서 이렇게 이 말 했다가 저 말 했다가 하는 것처럼, 전기 스위치를 켰다가 껐다가 하는 것을 즐겼다. 왜 그랬는지는 나도 모르겠지만, 내 길을 밝히는 전구들은 와트수가 낮았다.

어제 나는 꼭대기의 전구가 겨우 25와트이고, 아래층의 전구가 75와트라는 것을 발견했다. 모두 합해 100와트인 전구가 나를 볼 수 있게 해주고 있었던 것이다.

글을 다 쓴 후에 나는 그것에 대해 생각해보았고, 와트

수를 높이기로 했다. 그래서 어젯밤 고등학교 농구대회 중계를 보다가 스물네 시간 문을 여는 가게에 가서 전구 두 개를 샀는데, 그것은 내 인생 최고의 모험이었다.

100와트짜리 전구는, 특히 오랫동안 거기 있었던 25와트짜리를 바꾸면 너무 극적일 것 같아서 원래는 두 개 합해 150와트로 사려고 했다.

아마도 몇 년 동안 25와트였을 것이다……

오십 년 동안이나 전구를 갈지 않았으면 모르겠지만, 요즘 누가 전구를 사다 낀 기념일을 알고 있겠는가. 오십 년이라면 관심도 끌고 미디어도 부르고 하겠지만, 대부분은 잊고 있을 것이다. 인생에는 다른 중요한 일도 많으니까. 내 아내는 정말 나를 사랑할까? 별로 재미도 없는 내 농담에 아내는 왜 그렇게 요란하게 웃는 걸까? 혹은 내 여생에 무엇을 해야 할까? 이런 것들 말이다.

당연히 우리는 전구 말고 다른 것들에 시간을 더 할애한다.

어쨌든 나는 전구 매대에 서서 와트를 확인한다. 내 눈빛을 보면 내가 우표수집가이며, 희귀한 수집품을 컬렉션에 추가하려는 사람처럼 보일 수도 있겠다. 처음에는 100와트짜리 전구 두 개면 충분할 거라고 생각했지만, 곧 150와트 두 개가 더 극적일 것 같다는 생각을 했다.

150와트짜리 전구를 켜면 대단한 효과가 생길 것이다. 헛간은 브로드웨이 연극처럼 빛으로 폭발할 것이다.

이 생각이 마음에 들었다가 이번에는 200와트 전구를 보았다. 그 순간 내 가슴은 연극과 사랑에 빠진 비평가처럼 박동을 멈추었다.

200와트 전구라니!

그것으로 내 몬태나 헛간을 뉴욕의 타임스퀘어처럼 밝힐 수 있을 것이다. 당신의 헛간을 세계에서 가장 유명한 극장가로 만들 수 있는데, 무엇 때문에 브로드웨이 연극에 그친단 말인가. 나는 내일 아침 전구를 갈고 내일 저녁 그 전구들을 켤 기대에 잔뜩 부풀어서 그 전구 두 개를 샀다.

자, 이제 다음 날 밤 11시가 되었다. 이제 몬태나에는 밤이 오고, 내 헛간은 타임스퀘어가 될 시간이다.

이거야말로 내 인생의 즐거움이다.

나는 전기 디저트를 기대하는 아이처럼 기다린다.

제2부

나는 하루 종일 기다렸고, 언제나처럼 몬태나의 밤이 왔으며……그리고 이제 **위대한 백색** 200와트 전구 두 개로 인해 내 헛간은 타임스퀘어로 변할 것이다.

나는 아내에게 전구와 브로드웨이처럼 빛날 내 헛간에 대해 이야기했다. 아내는 마을에서 산 수선화를 들고 나와 함께 헛간으로 갔다. 전기 스위치를 만지는 내 손은 마법사의 손 같았고, 헛간은 타임스퀘어처럼 빛으로 폭발했다.

"아름답네요." 아내가 말했다. 나는 너무나 자랑스러워서 무슨 말을 해야 좋을지 몰랐다. 수선화를 든 아내를 앞장세운 채 우리는 집필실로 올라갔다.

우리는 첫 계단의 끝에 도착해 빛나는 전구를 바라보았다. 나는 그 전구가 마치 고양이라도 되는 듯이 쓰다듬으려 했다. 그랬더라면 고양이처럼 푸르르 하고 반응했을 것이다.

우리가 두 번째 계단을 올라가 꼭대기에 도착했을 때, 갑자기 전구가 꺼졌다. 내 가슴은 차디찬 연못에 빠진 돌 같았다.

"오, 안 돼!" 갑자기 영원히 사라진 전구를 보며 내가 말했다.

아내의 얼굴에는 동정의 빛이 떠올랐다. 그 전구가 내게 얼마나 중요한지 잘 아는 아내는 동정심을 보이고 있었다.

나는 집필실의 문을 열고 불을 켰다. 아내는 수선화를

책상에 놓았다.

나는 아직도 충격에서 벗어나지 못하고 있었다.

그녀는 타버린 전구에 대해 내 기분을 풀어주려고 내가 기억하지 못하는 위로의 말을 했다. 그것은 마치 자정에 타임스퀘어의 불이 블랙아웃으로 반쯤 꺼져서 사람들을 경악과 쇼크에 빠뜨린 것과도 같았다.

그녀가 따뜻한 위로의 말을 한 후에(내가 그것을 기억하지 못해서 유감이지만) 헛간에는 또 하나의 폭발이 있었다.

내 집필실 창문으로 내려다보니 층계는 완전히 깜깜해져 있었다.

"오, 안 돼!"

문을 열자 타임스퀘어는 완전히 사라지고 없었다. 두 번째 200와트 전구도 타버린 것이다.

"가엾은 사람 같으니." 아내가 말했다.

나는 은퇴시켰던 25와트 전구를 찾아서 다시 문 밖의 층계 끝에 끼웠다.

그러고는 아래로 내려갔다.

헛간 일층의 희미한 전구 덕분에 우리는 안전하게 내려갈 수 있었다.

내려가서 나는 타버린 전구 두 개를 회수했다.

"이 전구들을 내가 어떻게 하려는지 알아?" 내가 분노가 깃든 목소리로 아내에게 말했다.

"아뇨." 아내가 조심스럽게 말했다. 그녀는 일본 여자여서 내가 극적인 선언을 할 때면 늘 조심했다. 그녀는 다른 문화권 사람이었으니까. 일본인들은 인생에 대해 나처럼 반응하지 않는다. "어떻게 할 건데요?"

"반품할 거야."

"가게에서 그렇게 해줄까요?"

"그럼." 내가 목소리를 높였다. "쓸모가 없었잖아. **전구는 십 초보다는 오래가야 정상이야!**"

하지만 아내는 내가 진짜로 그렇게 하리라고 믿는 것 같지는 않았다. 타버린 전구를 교환해준다는 것은 그녀에게 생소한 개념이었다. 일본에서는 그렇게 하지 않는 것 같았다. 하지만 나는 지금 일본에는 관심이 없었다. 나는 부당한 대우를 받았고, 그것을 시정할 참이었다.

그날 저녁, 우리는 마을에 가서 농구경기를 볼 생각이었다. 그래서 나는 전구를 영수증과 함께 종이봉투에 넣어 마을로 갖고 갔다.

경기가 끝난 후 우리는 가게로 갔다.

그녀는 아직도 내가 타버린 전구 두 개를 교환하리라고는 믿지 못하는 것 같았다. 그녀는 편리한 핑계를 대고 차에 남아 있었으며, 나는 두 개의 타버린 전구를 들고 가게로 돌진했다.

밤 10시가 넘었고 몬태나에는 눈 폭풍이 와서 큰 가게는 텅 비어 있었다. 그 시간 그 상황에서는, 사람들은 물건을 사려고 하지 않아서 나는 그게 내게 결정적으로 유리할 거라 생각했다.

계산대에는 중년 여자가 있었는데, 고객이 없어서 그런지 2월 늦은 밤의 몽롱한 표정으로 서 있었다.

나는 손에 종이봉투를 들고 서 있었다. 나는 그녀가 꿈꾸던 곳에서 상점의 현실로 그녀를 데려올 극적인 분위기를 연출하며 손에 종이봉투를 들고 있었다.

"무엇을 도와드릴까요?" 아마도 내가 겨울밤에 종이봉투에 든 폭탄을 들고 찾아온 미친 강도가 아니기를 바라면서 그녀가 물었다.

"이 전구들요." 내가 손을 뻗어 전구를 꺼내면서 말했다. "끼우자마자 몇 초 후에 타버렸어요." 나는 전구를 계산대에 올려놓았다. 짐작컨대, 지금까지 눈 폭풍이 오는 밤에 와서 타버린 전구 두 개를 계산대에 올려놓은 사람은 없었을 것이다.

그런 일은 처음이었다.

"헛간 소켓에 끼웠지요." 내가 말했다. "220볼트였고 퓨즈도 있었어요. 하지만 전구가 타버렸어요. 몇 초밖에 안

갔지요. 전구는 그보다 더 오래가야 하지 않나요? 그러니 반품하고 싶어요." 나는 이미 그녀와 나 사이에 전구를 반납했다. 이제 무슨 일이 벌어질지만 두고 보면 되었다.

아내는 차에서 나와 결혼하기로 한 결정이 과연 옳았는지 점검하고 있거나 적어도 다른 관점에서 생각하고 있었을 것이다.

"그것은 말이 되네요." 그녀가 말했다.

그 순간, 인생의 승리 중 하나가 내 손으로 굴러들어왔다.

"영수증을 보여드릴까요?" 나는 이 모든 일에 좀더 전문적인 느낌을 더하기 위해 물어보았다.

"아뇨." 그녀가 말했다. "영수증은 필요 없어요. 제가 기억하고 있으니까요."

흥미로운 일이었다. 나는 그 여자를 기억하지 못하니까. 왜 그 여자가 나를 기억하는지 이상했다. 하지만 모르는 게 더 나았다.

"돈으로 돌려드릴까요, 아니면 물건으로 교환해드릴까요?" 그녀가 물었다.

"물건으로 주세요." 내가 말했다. "하지만 200와트 말고요. 믿을 수가 없어서요. 150와트로 주세요. 그게 더 믿을 만하니까요."

나는 실험용 전구에서 교훈을 얻었다. 나는 200와트 전구는 본 적이 없었고, 앞으로도 보고 싶지 않았다. 나는 전통적인 전구를 믿기로 했다.

타임스퀘어는 좋은 아이디어였지만 제대로 작동하지 않았다. 하긴, 그래봤자 무슨 좋은 일이 있겠는가. 나는 브로드웨이 극장으로 후퇴하기로 했다.

그것으로 만족하면 된다.

100와트에서 300와트로만 높여도 내 헛간으로서는 충분할 것이다.

내가 150와트 전구를 고르자 200와트 전구가 좀더 비쌌기 때문에 가격 조정이 필요했다. 차이는 불과 몇 페니였다.

나는 밖으로 나가 두 개의 새 전구가 들어 있는 다른 종이봉투를 들고 자랑스럽게 차를 향해 걸어갔다.

"어떻게 되었어요?" 내 일본인 아내가 물었다.

나는 종이봉투를 내밀었다.

"전기 스시야." 내가 말했다.

오늘 나는 헛간에 150와트 전구를 끼우고 어서 밤이 와서 내 헛간이 브로드웨이 극장이 되기를 기다린다.

······그렇게 되기를 희망하며.

제3부

내가 불을 켰을 때, 헛간은 사람들이 가장 많이 몰리는 브로드웨이 극장으로 변했다. 두 개의 150와트 전구는 모차르트가 작곡하고 연주한 〈햄릿〉의 탭댄스 버전에 나오는 존 베리먼*과 사라 베르나르**처럼 빛났다.

이 얼마나 멋진 장관인가!

오늘밤 내 헛간은.

---

* 　미국의 시인.
** 　프랑스의 연극배우.

지상의 바람

나는 그 일본 소설가를 몇 년 동안 좋아했고, 부탁을 해서 누군가가 만남을 주선해줬다. 우리는 도쿄의 레스토랑에서 저녁을 먹고 있다. 갑자기 그 소설가가 가방에서 고글을 꺼내더니 그것을 쓴다.

자, 우리는 마주보고 앉아 있는데, 그 사람은 고글을 끼고 있다. 레스토랑에 있는 다른 사람들이 우리를 보고 있다. 나는 레스토랑에서 고글을 쓰는 것이 아무렇지 않다는 듯이 행동하고 있다. 그러나 속으로는 점잖게 단 한 가지만 생각하고 있었다. **제발, 그 빌어먹을 고글을 벗어요!**

나는 그의 고글에 대해서는 한마디도 하지 않는다. 내 표정도 그런 내색을 전혀 하지 않는다. 나는 그를 너무나 존경한다. 하지만 나는 그가 저녁식사에 고글을 끼지 않았으면 싶다.

삼 분쯤 지나자, 그가 갑자기 고글을 꺼내 썼듯이 갑자기 고글을 벗어서 가방에 넣는다. ……좋았어.

나중에 그는 며칠 전 도쿄에서 일어난 지진에 대해 말했다. 그 소설가는 정신박약인 자기 아들에게 지진에 대해 설명해서 아들이 무서워하지 않게 하려고 했지만, 방법을 찾지 못했다고 말했다.

"아드님이 바람은 무엇인지 알고 있나요?" 내가 물었다.

"그럼요."

"그러면 아드님에게 지진이란 땅 밑에서 부는 바람이라고 설명해보시지요."

그 일본 소설가는 내 아이디어를 좋아했다.

나는 그를 아주 존경한다.

나는 그가 고글을 벗어서 기쁘다.

도쿄의 눈(雪) 이야기

내가 도쿄에서 끊으려고 노력하는 나쁜 습관이 하나 있다. 그것은 내 영혼에서 자라는 잡초여서 뽑아내야만 한다. 작년에 일본에 있을 때 시작했는데, 쉽지 않다.

바로 텔레비전을 보다가 잠이 드는 것이다.

나는 사차원적인 악과 끝없이 이어지는 영원의 마늘 거울들 속에서 울부짖는 이빨 없는 흡혈귀의 울부짖음에 비하면, 악의 영역에서 그 정도는 일차원적이라는 것을 안다.

나는 일본어 소리가 잦아드는 조수처럼 들리도록 볼륨을 줄인다. 그것은 내게 음악과도 같아서, 나는 침대 곁에서 일본인 수백 명이 속삭이는 소리를 들으며 잠이 든다.

자, 이제 왜 그것이 악인지를 말하겠다. 드디어 모든 프로그램과 광고가 끝나고 사무라이 드라마 소리가 지지직

거리는 눈*으로 바뀌면, 나는 한밤중에 잠에서 깨어난다.

나는 침대에서 일어나 비틀거리며 텔레비전으로 가서 끈다.

시끄러운 눈은 사라지고, 여기 도쿄는 다시 장마철이다. 나는 침대로 돌아가지만 잠들지 못한다. 수백 명의 사람들이 나를 혼자 남겨두고 떠난 후, 도쿄의 밤 한가운데에서 나는 친구처럼 잠이 찾아오기를 기다린다.

내가 내 외로움의 도구와 나쁜 습관을 끊겠다고 맹세하며 이 글을 쓰고 있는 지금, 오늘밤에도 나는 일본인 수백 명이 바로 옆에서 소곤거리는 소리를 들으며 그것이 눈으로 바뀔 때까지 잠들어 있을 것이다.

---

* 　스노 노이즈(snow noise). 잡음과 함께 텔레비전 화면이 눈이 내리는 것처럼 보인다.

마지막으로 내가 암스트롱 스프링 하천의 모기에 물린 자국

    마지막으로 내가 암스트롱 스프링 하천의 모기에 물린 자국은 스크린에서 영화가 끝날 때처럼 내 몸에서 재빨리 사라졌다.

    나는 지금 캘리포니아 해변에 와 있다. 안개가 끼어 있고, 태평양은 파도가 부서지고 있다. 나는 석양이 산에 반사되어 내 망막에 실제보다 오래 남아 있는 몬태나 주 리빙스턴의 외곽에 있는 아름다운 하천에서 멀리 떨어져 있다.

    나는 사라진 후에도 아직까지 망막에 남아 있는 석양을 볼 수 있다.

    며칠 전 저녁, 5월에 부화하는 파리 떼를 우주인처럼 찾다가, 새로운 유성을 발견하는 대신 낚싯대에 훌륭한 독일산 브라운송어를 낚았을 때, 나는 모기에게 엄청 뜯겼다.

나는 그 송어를 놓쳤지만 기분 나쁘지는 않았다. 인생에서 모든 것을 가질 수 있는 우주 같은 공간은 없다는 것을 알고 있었으니까.

그런 공간은 다 써버렸다.

모기 물린 자국이여, 안녕.

이집트를 덮는 구름

기차가 카이로에서 알렉산드리아로 가고 있다. 이집트의 푸른 하늘에는 흰 구름이 떠 있다. 당신은 중동에서 멀리 떨어진 캘리포니아에서 텔레비전으로 그 기차를 보고 있다.

내가 그 기차를 보고 있는 동안 왜 이집트의 구름이 내 관심을 끌었는가? 몇 주 만에, 아니, 몇 달 만에 처음 보는 구름이었기 때문이다. 그동안 나는 구름에 관심을 갖지 않았다. 언제부터였을까?

그 기차는 미국 대통령 지미 카터와 이집트 대통령 안와르 사다트를 태우고 가고 있었다. 그들은 이집트와 이스라엘의 평화를 찾으려 노력하고 있었다. 평화는 사막 어딘가에 있을 것이다. 그들이 그러고 있는 동안, 나는 구름을 바라보며 그것이 내 인생에 무슨 의미가 있는지를 생각하고 있다.

우리 모두는 역사에서 각자 맡고 있는 역할이 있다.

내 역할은 구름이다.

판타지 소유권

이것은 권력에 대한 소소한 연구이다. 예전에 미국에서
도 관찰했지만, 이곳 도쿄에서 특히 더 그렇다.

주제는 웨이트리스이다.

열두 가지 방법으로 장어를 요리하는 일본 레스토랑에
가면, 모든 웨이트리스들은 작고 땅딸막하고 풍만하며,
보름달 같은 일본인 얼굴이다.

다른 레스토랑에는 웨이트리스들이 모두 크고 날씬하며,
긴 일본인 얼굴이다. 국수를 전문으로 하는 레스토랑 같다.

세 번째는 중국 레스토랑인데, 거기에는 가슴이 크고
눈이 작으며 입이 큰 웨이트리스들이 있다. 그들은 모두
자매처럼 보이지만 사실은 전혀 아니다.

일본에서 레스토랑을 소유하는 것은 재미있을 수밖에
없다. 자기만의 판타지를 소유하는 것 같기 때문이다.

밀 하천의 펭귄들

　나는 육 년 동안 밀 하천 근처의 같은 장소에서 낚시를 하고 있다. 특히 하천의 한 장소가 아주 마음에 든다. 푸른색, 초록색으로 흐르고 있는 하천의 그곳에 신문가판대가 있었다면, 나는 다음과 같은 헤드라인의 신문을 낚시꾼들에게 제대로 팔았을 것이다.

　왜 〈뉴욕타임스〉를 읽는가?
　여기에서 여섯 마리의 훌륭한 송어를 잡을 수 있는데.

　어젯밤은 10월 중순이어서 따뜻한 가을 태양이 지고 있었고, 나는 내가 좋아하는 그곳에서 낚시를 하고 있었다. 하천 근처 숲에서는 낙엽이 졌다. 낚시하는 이십 분 동안 두 번 입질이 있었는데, 두 마리 다 잡았다.

송어 한 마리는 몸길이가 40센티미터나 되었는데 밀하천에서 잡기 힘든 크기였고, 필사적인 사투를 벌여야했다. 나는 자리를 잡자마자 25센티미터짜리 송어를 잡았다. 그리고 큰놈을 잡기까지 아이작 월턴 버스*를 기다리는 것처럼 십오 분을 기다려야 했다.

그러는 동안 내 정신은 낚시가 내 상상력이고 하천과둑이 그 상상력의 산물인 것처럼 여기저기, 현재와 과거를 오가며 떠돌고 있었고, 내 낚싯대는 하천을 침착하게탐색했다.

갑자기 하천 건너편 덤불의 낙엽더미에서 무엇인가움직였고, 나는 그것이 펭귄이라고 생각했다. 무엇이 움직이는지 실제로 본 건 아니었다. 나는 단지 움직임을 보았고, 무슨 이유에서인지 그것이 펭귄이라고 생각했다.

몬태나는 무스, 회색곰, 엘크, 영양 등으로 유명하다. 짐승은 뭐든 다 있지만, 펭귄은 없다. 펭귄은 남극의 억만장자들이 고용한 집사이다. 빌링스나 그레이트폴스**의 동물원이라면 몰라도, 몬태나에서는 볼 일이 없다.

그런데 웬 펭귄이냐고? 아까 말했듯이 정확하게 본 것은 아니고, 다만 움직임만 보았는데 펭귄이라고 생각한

* 몬태나 글레이셔 국립공원의 아이작 월턴 여관에서 운영하는 빨간 버스.
** 몬태나의 도시들.

것이다. 말할 필요도 없지만, 사투 끝에 40센티미터짜리 송어를 잡아 기분이 좋았지만, 놓아주었다.

송어가 거기에 있는 것은 말이 되었다.

내가 다시 밀스 하천에서 낚시를 하게 되면, 본의 아니게 무의식적으로 펭귄을 찾게 될 것이다. 올해에는 거기에 가지 않기 때문에 내년에 알아볼 것이다.

사는 이유

    나는 그 개자식도 쓸모가 있으리라고, 존재 이유가 있으리라고 생각했는데, 오늘 드디어 그것을 발견했다.

    그는 호주 출신으로, 여기 도쿄에서 회사를 다니고 있는 것 같다. 내가 하라주쿠에서 글을 쓰러 카페에 갈 때면 오후 5시 이후에는 매번 그를 볼 수 있다.

    그는 삼십 대 초반에 아주 잘생겼는데, 외모만 그럴싸해 보였다. 영화와 텔레비전에서 본 특정 남자 스타일을 흉내 냈는데, 책을 읽을 줄 아는 악당은 아닌 것 같다.

    그는 도쿄에서 중요한 사업을 하고 있는지도 모른다. 어쩌면 여러 직원을 손짓으로 부리는 부사장 정도일지도. 하지만 나는 그런 것은 안 믿는다는 걸 여러분은 알 것이다. 그렇지 않은가?

    어쨌든 그는 5시에 도착해서, 거만한 자제력으로 아주

조심스레 붙들고 있던 가짜 매력을 지구에 선심이라도 쓴다는 듯 가스처럼 분출한다.

나는 그의 의도는 쿨하게 보이는 것이라고 믿는다. 그리고 그가 거기에 죽치고 앉아 있는 외국인들과 대화하는 것을 엿듣기도 한다. 당연하게도 그는 종종 그곳에서 여자를 만나거나 데리고 오기도 한다.

그는 그 사람들을 완전히 무시함으로써, 자기가 얼마나 쿨한 남자인지를 그들이 알아주기를 바란다. 그는 그곳으로 여자와 함께 오거나 그곳에서 여자를 만나며, 다른 외국인과 이야기하기도 한다.

그가 앉는 테이블에는 거울이 있는데, 그는 거울에 비치는 자기 모습이 한번도 자기 시야에서 떠나지 않게 한다. 그는 자기가 하는 모든 것, 즉 담배에 불을 붙이거나 맥주를 마시거나, 뭔가 어리석은 말을 하기 전에 잠시 쉬는 스스로의 모습을 거울로 보고 있다.

한번은 그가 예쁜 일본 여자와 같이 있었는데, 거기를 떠날 때 그는 마치 그 여자가 거기 없다는 듯이 혼자 가버렸다. 그 여자는 뭔가를 보려고 잠시 멈추었는데, 그가 계속 걸어간 것이다. 그녀가 그를 찾았을 때, 그는 이미 사라지고 있었다. "어디 가는 거예요!" 그녀가 소리 질렀다.

착한 여자 같으니. 그 여자가 그렇게 말하자마자 나는

그녀를 좋아하게 됐다. 알다시피 그 자식은 내 신경을 거슬렸다. 비록 우리가 말을 섞은 적도 없고, 서로의 존재를 인식한 적도 없지만.

오늘은 내가 카페에 앉아 있는데 그가 일찍 왔다. 4시였다. 나는 그가 왜 평소와 다르게 일찍 나타났는지 의아했다. 그는 바로 내 옆에 앉았지만, 우리는 서로를 의식하지 않고 있었다.

그는 거기 앉아 있었다.

나는 여기 앉아 있었다.

나 역시 그도 나를 좋아하지 않는다는 것을 알고 있다. 나는 카페에 어울리는 사람이 분명 아니었기 때문이다. 나는 중년 히피처럼 보였고, 그곳에서 일하는 일본 남자들 외에는 아무하고도 말을 섞지 않았다.

나는 그 멍청한 놈이 속물이라는 것을 알고 있다.

어쨌든 오늘 나는 드디어 그가 왜 지구상에 존재하는지를 알게 되었다. 그날 6시 이후에 도쿄의 다른 곳에서 누군가를 만나기로 했는데, 나는 시계조차 가지고 있지 않았다. 그런데 그의 손목시계가 보였고, 약속 시간을 놓치지 않으려고 그의 시계를 슬쩍슬쩍 훔쳐보았다.

아까 말했다시피, 그 개자식도 지구에서 살아야 할 한 가지 이유는 있었던 것이다.

1953년형 쉐보레 자동차

카시트도 없고, 펜더도 없고, 백미러도 없고, 헤드라이트도 없고, 브레이크도 없고, 범퍼도 없고, 타이어도 없고, 트렁크도 없고, 윈도브러시도 없고, 앞 유리창도 없다.

내 친구는 다분히 시적이고 미국적인 로맨틱한 비전으로서, 중고차를 사서 몬태나에서 캘리포니아까지 갈 생각을 했다. 매일 저녁마다 그는 지역 신문을 구해서 자신을 캘리포니아까지 데려다줄 낡은 차를 파는 광고를 찾아보았다.

캘리포니아가 아니면 죽음을!

그는 2, 300달러 정도에 최대 400달러까지 생각하고 있었다.

1978년에 그 돈으로 차를 사기에는 부족했지만, 그는 캘리포니아까지 타고 간 후, 다시 몇 달쯤 더 탈 수 있는 차를 사겠다는 꿈에 부풀어 있었다.

착한 소년처럼 좋은, 낡은 몬태나 자동차.

어느 날 저녁 그는 자신의 꿈을 이루어줄 광고를 보았다.

1953년형 쉐보레, 50달러.

그는 즉시 광고에 나온 곳에 전화를 걸었다. 나이 많은 여자가 전화를 받았다. "1953년형 쉐보레를 파신다고요?" 그가 말했다. "가격은 50달러고요?"

"그렇다오." 그녀가 말했다. "완벽한 상태라오."

"한번 보고 싶은데요."

"그러세요. 안 보고 살 수는 없지요. 나는 노스 L 스트리트에 산다오."

"언제 볼 수 있나요?"

"지금 오세요."

"좋아요. 이십 분 내로 가지요."

"좋아요. 기다리지요. 이름이 뭐라고 했지요?"

"레이놀즈입니다."

"좋아요, 레이놀즈 씨. 곧 만나요."

내 친구는 수화기를 내려놓았다. 그는 아주 들떠 있었

다. 50달러라니!

상상 속에서 그는 미국에 남아 있는 아름다운 1953년형 쉐보레를 타고 벌써 캘리포니아로 가고 있었다.

게다가 나이 든 여자는 일주일에 세 번 가게에 가고 일요일에는 교회만 갔으므로 2만 4100킬로미터밖에 안 나간 진짜 사랑스러운 차라니!

그리고 완벽한 오리지널 화이트월 타이어*라니!

그가 노스 L 스트리트에 도착했을 때, 그는 이미 그 차와 사랑에 빠져 있었다. 그는 마치 고등학교 때, 완벽하게 예쁜 치어리더와 처음으로 데이트를 나가는 심정이었다.

나이 든 여자가 문을 열었다.

그녀는 아주 나이가 많았지만, 아직도 재빨리 돌아다닐 수 있었다.

"안녕하세요." 그가 말했다. "1953년형 쉐보레 건으로 전화드린 사람인데요. 레이놀즈라고 합니다."

"어서 와요, 레이놀즈 씨. 차를 보여드리죠."

그녀는 코트를 입고 나와서 집을 빙 돌아서 차고로 갔다.

"타이어는 상태가 어때요?" 그가 흥분을 감추려고 했지

---

* 1900년대 초에서 1970년대 중반까지 사용했던, 하얀 고무로 측면을 덧댄 타이어.

만 그러지 못하고 물어보고 말았다.

"타이어는 없어요."

"타이어가 없다고요? 오, 그렇군요."

그게 그의 꿈에 조그만 구멍을 냈다. 그는 타이어를 사야겠지만, 그래도 차를 싼 값에 사니까 충분히 보상이 되리라 생각했다. 어쨌든 달리는 데에는 아무 문제 없을 테니까. 타이어는 별것 아니었다. 그는 상상 속 차체에서 타이어를 뺐다.

"브레이크는요?"

"브레이크도 없다오."

"뭐라고요? 브레이크가 없다고요?"

"그렇다오. 브레이크가 없다오."

"브레이크가 없다고요?" 그가 다시 물었다.

"브레이크는 없소."

그는 이미 타이어가 없어진 자신의 드림카에서 브레이크도 뺐다. 부쩍 의심이 들었다. 타이어도 없고, 브레이크도 없다고?

그런 다음 별생각 없이 물었다. "차체 상태는 어때요?"

"차체도 없다오."

"타이어도 없고 브레이크도 없고 차체도 없다고요?" 그가 어린아이처럼 종알거렸다.

221

"그렇다오." 마치 지극히 정상적인 차를 파는 것처럼 그 여자가 말했다.

그동안 그는 상당히 수완 좋은 중고차 딜러들을 만나 보았지만, 이 나이 든 여자야말로 단연 최고였다. 도대체 이 늙은 여자는 어떤 상태의 차를 팔려고 하는 거란 말인가?

"왜 차체가 없는데요?" 그가 또 자동적으로 어린아이처럼 말했다.

"왜냐하면 그것은 차가 아니기 때문이지."

"뭐라고요?" 그녀가 그를 데리고 차고 문을 지나자 자동차 엔진이 그들을 맞이했다. 엔진은 차고 한가운데 바닥에 놓여 있었다.

"이게 1953년형 쉐보레라고요?"

"엔진이오."

"엔진이라고요?"

"그렇소. 엔진이라오."

"저는 차를 파는 광고를 내신 줄 알았는데요."

"내가 왜 그러겠소? 차가 없는데. 엔진밖에 없다오. 50달러요. 사겠소?"

"난 차를 사려고 해요. 칼리포니아까지 몰고 갈 차요."

"음, 다른 부속이 없으면 이걸로 못 갈 텐데."

222

고맙네요, 할멈.

내 친구는 집으로 돌아와서 신문에 난 1953년형 쉐보레 광고를 찾아보았다. 그는 그 광고를 여섯 번도 더 읽었다. 그는 마치 성경의 중국어 번역 초판본을 읽으며 오역을 찾아내기라도 하듯이 그것을 읽고 또 읽었다.

그런 다음, 그는 그 늙은 여자에게 전화를 걸었다. 전화벨이 울렸지만 그 여자는 전화를 받지 않았다. 벨이 오랫동안 울릴 때까지 기다리다가 그는 수화기를 내려놓았다.

다른 사람에게 그 엔진을 보여주고 있는 걸까? 그는 그들이 차고로 걸어가는 것을 상상할 수 있었다. 그는 누군가가 그 노파에게 "엔진 상태가 어떤가요?"라고 물어보고, 그 여자가 "완벽한 상태라오"라고 대답하는 것을 상상할 수 있었다.

마이 페어 도쿄 레이디

차 마시는 시간……

나는 도쿄에서 모든 배우가 일본인인 뮤지컬 〈마이 페어 레이디〉를 보았는데, 빅토리아 시대를 배경으로 노래 부르고 춤추는 일본 배우들과 사랑에 빠졌다.

한 장면에서는, 무대 배경인 길거리의 여러 집들 가운데 1890년대의 한 런던 집 현관에서 히긴스 교수 역을 맡은 렉스 해리슨 스타일의 일본배우가 일라이자 둘리틀 역을 맡은 일본인 배우에게 일본어로 노래를 부르고 있었는데, 내 생각에 사랑 노래 같았다.

나는 무대의 배경을 이루는 집집마다 모든 것이 잘되기를 바라면서 그의 노래를 듣고 있는 빅토리아풍의 일본인들로 가득 차 있는지 궁금했다.

나는 그 집들의 창문 안을 들여다보았지만 아무도 없

었다. 현관으로 나오는 사람은 아무도 없었고, 거리는 텅 비어 있었다. 다들 집 뒤의 정원에서 차를 마시고 있는 것 같았다.

다른 사람들도 자기 생활이 있고, 거기에 가만히 서서 사람들 노래나 듣고 있을 수는 없다. 특히 그것이 자신과 아무 상관 없는 일이라면.

밤의 사람……

나는 무대 뒤 어둠 속에서 재빠르고 효율적으로 움직이는 사람들을 상상하는 데 푹 빠져 있다. 그들의 모든 행동은, 마치 최대한의 효과를 거두려는 창시자처럼, 정확하게 계산되어 있다.

다시 말해, 그들은 밤에 이는 바다의 밀물과 썰물처럼 자기들이 무엇을 하고 있는지 잘 안다는 것이다. 그들의 행동은 어두운 데서 일하는 스파이의 그것을 닮았다. 그들이 일을 끝내고, 무대에 다시 불이 들어오면서 연극이 계속되면, 배우들은 빅토리아풍의 우아한 저택 거실이 아니라 런던의 빈민가에 있게 된다.

내가 작가가 되지 않았다면, 비밀스러운 마술사처럼 어둠 속에서 움직이는 무대 담당자가 되었을 것이다. 가구, 소파, 책상, 피아노를 어둠 속에서 재배치해 불이 다시 들어오면 무대를 런던의 거리로 바꾸어놓는 마술사 말이다.

지금부터 백만 년 후의 배우……

나는 자기 나이보다 나이가 더 많은 배역을 맡은 배우를 유심히 살펴본다. 서리 내린 것처럼 머리카락을 하얗게 분장한 그는 배역에 맞는 나이로 보인다.

그러나 현실세계에서 나이가 든다는 것은 뼈와 근육과 피가 노쇠하고, 심장이 망각으로 가라앉고, 지금까지 살았던 모든 집들이 사라지며, 그리고 자신의 문명을 다른 사람들이 존재하기나 했는지조차 확신할 수 없게 되는 것을 의미한다.

메뉴 / 1965년

캘리포니아 인구는 폭발 직전이다. 캘리포니아에는 이천만 명이 살고 있고, 샌 퀜틴 주립교도소에는 마흔여덟 명이 사형집행을 기다리고 있다. 1952년에는 캘리포니아 인구가 천백만 명이었고 스물두 명이 사형집행을 기다렸다. 만일 이런 속도가 계속된다면, 2411년에는 캘리포니아 인구가 오억 명이고 이천 명이 사형집행을 기다리고 있을 것이다.

며칠 전 나는 샌 퀜틴에 가서 로런스 윌슨이라는 교도소장과 이야기했다. 그는 다소 귀찮다는 듯이 이렇게 말했다. "지금 마흔여덟 명이 사형집행을 기다리고 있는데, 법원은 사형수를 계속 보내고 있어요. 우리가 전부 다 사형시키면, 우리는 작년에 미국 전역에서 사형당한 죄수보다 더 많은 수를 사형집행하는 것이 됩니다."

월슨 소장에게는 문제가 하나 있다. 캘리포니아는 제임스 벤틀리라는 농장 노동자가 캘리포니아 시민으로서 존재할 수 있는 모든 가능성을 남김없이 소진시킨 1963년 1월 23일 이래로 단 한 건의 사형도 집행하지 않고 있다는 것이다.*

마흔여덟 명의 사형수 중 절반 이상이 이 년 이상 대기하고 있다. 마누엘 차베스와 클라이드 베이츠는 1957년부터 대기하고 있다. 사형수가 독가스실로 가려면 기나긴 세월이 흘러야 할 것이다. 케릴 체스먼은 너무 오래 기다리고 있어서 연금을 지급해야 되지 않나, 하는 생각이 들 정도이다.

캘리포니아의 사형수 감방이라. 그것은 작가로서 그리고 캘리포니아 시민으로서의 내게 무엇을 의미하는가? 나는 그것을 알아보기로 했다. 나는 샌 퀜틴에 전화해서 제임스 박 부소장과 통화했다. 나는 그에게 사형수 감방을 볼 수 있는지 물었다.

친절하고 사교적인 목소리로 그는 사람들이 그것을 언짢아한다고 말했다. "교도소 사람들은 폐쇄적이에요. 외

---

* 제임스 벤틀리는 술집 주인을 살해한 혐의로 1963년 1월 23일 독가스실에서 사형집행을 받았는데, 이는 캘리포니아에서 사형제 폐지론이 본격적으로 논의되는 계기가 되었다.

228

부인이 와서 동물원 구경하듯 하는 걸 안 좋아하죠." 그러나 부소장은 가스실은 보여주겠다고 했다. 그것만으로도 위안이 되었다.

며칠 후 나는 샌 퀜틴에 가게 되었다. 나는 사형수 감방의 완벽한 모습을 보려면 어디까지 가야 하는지 알고 싶었다.

부소장은 UCLA에서 임상심리학을 전공한 사람이었다. 그는 자기 사무실에서 내게 차를 대접했다. 그는 여유 있고 조리 있는 사람이었다. 그는 아주 멋진 줄무늬 넥타이를 매고 있었다.

"사형수 감방에서는 무엇을 먹나요?" 내가 물었다. 나는 사형수들이 마지막에 무엇을 먹는지보다 오늘 무엇을 먹는지가 궁금했다. 내 생각에 교도소에서 가장 중요한 건 음식이었다.

"어디 봅시다." 부소장이 말했다. 그는 자리에서 일어나 행정실로 들어갔다. 그는 파일이 들어 있는 캐비닛으로 가 주간 메뉴판을 들고 돌아왔다.

메뉴 맨 위에는 **교정국**이라고 쓰여 있었고, 그 아래에는 **금주의 사형수 감방 메뉴**라고 쓰여 있었는데, 이는 내게 이상한 느낌이 들게 했다. 그것은 죽음과 아주 가까운 느낌으로서 보다 복잡한 감정들 중 하나였고, 4월 16일

캘리포니아 주 교정국

샌 퀜틴 캘리포니아 주립교도소
시설명

금주의 사형수 감방 **메뉴**
식당명

날짜 1965년 4월 1일(1965년 4월 12일~1965년 4월 16일)

담당 H. H. McDaniel
H. H. MCDANIEL, 감독 조리사 2

결재 R. Small
R. SMALL, 식품관리사

	아침	정찬	야식
12일 월요일	자두 스튜 감자 전분 삶은 계란 바삭바삭한 베이컨 핫케이크 메이플 시럽 토스트-빵-올레오유 커피-우유	완두콩 수프 월도프 샐러드 크림 드레싱 바비큐 쇼트립 프랑크푸르트 소시지 구이 머스터드 소스 이탈리안 스파게티 버터 바른 시금치	리마콩 아이스크림-쿠키 프랑크푸르트 번 빵 올레오유 커피 우유 땅콩버터 샌드위치
13일 화요일	토마토 주스 브랜 플레이크 스크램블드 에그 바삭바삭한 베이컨 크림 바른 소고기 토스트 빵-올레오유 커피-우유	스파게티 수프 비트와 양파 샐러드 비네그레트 드레싱 구운 돼지다리 브라운 소스 갈아 만든 라운드 스테이크 으깬 감자 크림 스타일 옥수수	돼지고기와 콩 아몬드 타르트 빵 올레오유 커피 우유 사과 살라미 샌드위치
14일 수요일	무화과 스튜 빻은 밀 계란 프라이 아침용 스테이크 아침용 롤빵 젤리 토스트-빵-올레오유 커피-우유	토마토 크림 수프 감자 샐러드 마요네즈 드레싱 편육 스위스 리버* 양파 그레이비 소스 리솔 포테이토 양배추 볶음	팥 오렌지 케이크 마늘 롤빵 빵 올레오유 커피 우유 치즈 샌드위치
15일 목요일	배 반쪽 감자 전분 치즈 오믈렛 바삭바삭한 베이컨 리오네이즈 포테이토 토스트 빵-올레오유 커피-우유	스카치 브로스** 파인애플 코티지 치즈 샐러드 크림 드레싱 헝가리안 굴라시*** / 국수 추가 새끼양갈비 타말레 로프**** 버터 바른 콜리플라워	리마콩 보스턴 크림파이 빵 올레오유 커피 우유 오렌지 올리브 로프 샌드위치
16일 금요일	복숭아 스튜 빻은 귀리 계란 프라이 바삭바삭한 베이컨 핫 크로스 번 잼 토스트-빵-올레오유 커피-우유	소고기 국수 콜슬로 사워크림 드레싱 그릴에 구운 넙치 스테이크 칵테일 소스 치킨 프라이드 스테이크 리소토 버터 바른 콜리플라워	흰 강낭콩 사과 건포도 파이 디너롤빵 빵 올레오유 커피 우유 돼지고기 로프 샌드위치
17일 토요일	캘리포니아 오렌지 콘플레이크 플레인 오믈렛 바삭바삭한 베이컨 프렌치토스트 메이플 시럽 토스트-빵-올레오유 커피-우유	소고기 수프 / 밥 추가 콤비네이션 샐러드 포도 식초 드레싱 소고기찜 브라운 소스 그릴에 구운 폭찹 크림 바른 감자 서코태시*****	멕시칸 콩 아이스크림 쿠키 빵 올레오유 커피 우유 피망 로프 샌드위치
18일 일요일	과일 스튜 으깬 밀 색칠한 부활절 계란 바삭바삭한 베이컨 해시 브라운 포테이토 컨트리 그레이비 소스 토스트-빵-올레오유 커피-우유	렌즈콩 수프 이탈리안 야채샐러드 마늘 드레싱 건포도 소스 구운 햄 버터 바른 녹색 완두콩 칠리 볼 스노우플레이크 포테이토	초콜릿 케이크 빵 올레오유 커피 우유 사과 치즈 샌드위치

인원 방문객 ____________
직원 ____________
수감자 ____________

평가 메뉴 등급 매우 좋음 ☐ 좋음 ☐
만족 ☐ 보통 ☐
나쁨 ☐

정찬에는 극적인 면이 있었다.

소고기 국수

콜슬로

사워크림 드레싱

그릴에 구운 넙치 스테이크

칵테일 소스

치킨 프라이드 스테이크

리소토

버터 바른 콜리플라워

"이 메뉴 가져도 되나요?" 내가 물었다.

"그럴걸요." 나는 그 음식의 칼로리를 물었고, 부소장은
전화로 누군가를 호출했다. "사형수들의 식사 칼로리가
어떻게 되지? 교도소 식당이 4200칼로리라고? 그렇다면
4500칼로리쯤 되겠네. 좋아. 고마워."

4500칼로리. 나는 뭔가 이상하다고 생각했다. 늘 앉아

---

*   후추와 세이지로 양념한 송아지 간 요리.
**   야채와 보리를 넣고 끓인 수프.
*** 소고기, 양파, 파프리카로 만든 헝가리 수프.
**** 다진 소고기, 야채 등의 속을 빵에 넣어 옥수수 껍질로 싼 멕시코 요리인 타말레
     에서 옥수수 껍질을 싸지 않고 구워내기만 한 요리.
***** 옥수수, 콩 등을 끓인 요리.

만 있는 사람에게 그것은 너무 많은 칼로리이기도 하고, 세상이 뚱보를 사랑하는 것도 아닌데 말이다. 아니면 사형수 감방은 다른 건가?

나는 부소장에게 사형수 감방의 텔레비전에 대해 물어보았다. 그는 방 세 개에 텔레비전이 한 대씩 있으며, 각 방에 리모컨이 있어서 원하는 채널을 볼 수 있다고 했다. 또한 각자 이어폰이 있고, 채널 7에서 해주는 영화는 밤새 볼 수 있다고 했다.

그는 사형수들이 광고의 영향을 받아서 갑자기 텔레비전 광고에서 나오는 물건을 사달라고 한다고도 했다.

나는 사형수들이 새로 나온 포드 자동차를 주문하는 것을 상상했다.

"사형수들이 가장 좋아하는 음식은 무엇인가요?" 내가 물었다.

부소장은 교도소 직원에게 전화했다.

"멕시코 음식하고 스테이크입니다. 일주일에 두 번 스테이크가 나오지요."

잠시 후 윌슨 소장이 들어오자, 우리는 둘러앉아 사형수 감방, 사형제도, 법원, 독가스실 그리고 부자와 빈자가 살인을 저지를 때와 이후 벌어지는 일의 차이점에 대해 이야기했다. 벌써 수천만 번 이야기했지만 우리는 한 번 더 이야기했다.

그러나 나는 사형수 감방에 목요일 정찬으로 나오는 타말레 로프가 교도소 직원의 90퍼센트가 사형제도에 반대한다는 사실보다 사형수들의 관심을 훨씬 더 끈다는 사실을 발견했다.

나는 무릎에 메뉴를 올려놓고 있었고, 우리가 사형수 감방에 대해 이야기하고 있을 때에도 나는 이 메뉴가 사형수 감방의 모습을 완벽하게 떠올리기 위한 도구라는 것을 알고 있었다. 나는 메뉴에서 많은 것을 찾을 수 있으리라는 것을 알고 있었고, 그렇게 할 참이었다.

부소장은 내게 《미국의 사형》이라는 '좋은' 책을 보여주었지만, 나에게는 화요일에 나오는 구운 돼지다리가 더 흥미 있었다.

드디어 나는 **나의** 메뉴를 받아들고 그곳을 떠났다. 나는 이제 얼마나 많은 사형수들이 독극물 바늘 끝에 서야 하는지에는 더 이상 관심이 없었다. 나는 다른 것을 알고 싶었다. 샌프란시스코로 돌아오는 버스에서 나는 내 무릎에 메뉴를 살며시 놓고, 조심스럽게 그것의 미래를 계획했다.

그날 저녁에 친구가 찾아왔다. 그는 할리우드 시나리오 작가 지망생으로, 자기 원고를 타이핑해줄 사람을 찾고 있었다. 그는 원고를 영화사에 팔아 부와 명예를 거머쥐면 로스앤젤레스로 나를 불러 같이 살면서 집 뒤뜰의 화려한 수영장에 몸을 띄운 채 작품 구상을 하겠다는 포부를 가진 친구였다.

그가 타이피스트를 찾기 전에 우리는 부엌에 앉아 독한 흑맥주를 마셨다. 내가 그에게 사형수 감방 메뉴를 보여준 건 우연이 아니었다. 이제 메뉴가 일을 시작할 때가 된 것이다. 나는 그 메뉴를 건네주며 말했다.

"이걸 좀 봐."

"이게 뭔데, 리처드?" 메뉴를 본 그는 썩 좋아하는 것 같지 않았다. 그의 얼굴은 굳어지면서 긴장감과 함께 창백해졌다. "이건 별거 없는 팝아트 같은데."

"그렇게 생각해?"

"그래, 별로야." "이건 조각 같아. 죽은 아이들이 담긴 서랍장 같아."

메뉴는 테이블에 놓여 있었고, 사형수 감방의 토요일 아침 메뉴가 보였다.

캘리포니아 오렌지
콘플레이크
플레인 오믈렛

바삭바삭한 베이컨

프렌치토스트

메이플 시럽

토스트-빵-올레오유

커피-우유

메뉴를 본 친구의 반응은 내가 옳았다는 확신을 더해주었다. 그 메뉴는 아주 강력하고 이상한 경험이었다. 나는 다른 사람에게 보여줘야겠다고 생각했다.

다음 날, 나는 그 메뉴를 시인 친구들에게 보여주었다. 그들은 나무로 뒤덮인 빅토리아풍 집에서 때로는 먹을 것도 없이 사는 점잖은 사람들이었다. 우리는 부엌에 앉아 있었다.

시인 하나가 오랫동안 메뉴를 들여다보더니 말했다. "이건 무시무시하고 외설적이고 역겹군."

또 다른 시인도 메뉴를 보더니 말했다. "이 음식들 좀 봐. 나는 바삭바삭한 베이컨이 좋아. 일 년 동안이나 베이컨을 못 먹었어. 이 음식들 좀 봐. 사형수들이 살이 찔 수밖에 없겠는데. 이건 마치 바닥에 거위를 눌러놓고 죽을 때까지 먹이는 것 같군. 이런 음식을 왜 시인한테는 주지 않는 거야?"

"시인은 사람을 안 죽였잖아." 다른 시인이 대답했다.

아, 사형수 감방 메뉴를 든 채 샌프란시스코의 거리를
헤매고, 마음속에서 그것의 모습을 확장시키면서, 진부하
고 낡은 것에서 새로운 현실을 찾아낸다는 것의 어려움
이여.

나는 마닐라지로 만든 봉투에 메뉴를 넣고 나서, 저녁
식사로 먹을 넙치 스테이크를 사러 상점에 들르고 밤에
는 채널 7을 보다 잠이 드는 아무것도 모르는 사람들을
지나쳤다.

나는 다른 친구를 찾아갔다. 그는 밤에 일하는 사람이
었고, 우리는 커피를 마셨다. 가십과 우리 인생에 대해 이
야기하다가 내가 말했다. "뭘 좀 보여줄게."

"그래."

나는 메뉴를 꺼내 그에게 넘겨주었다. 메뉴를 본 그는
표정이 '여기 앉아서 커피나 한잔하지'라는 식에서 아주
진지하게 바뀌었다.

"어떻게 생각해?" 내가 말했다.

"이건 아주 대단해. 아주 현실적이야." 그가 말했다. "마
치 시 같아. 이 메뉴는 우리 사회를 규탄하고 있어. 이미
죽은 거나 다름없는 사람들에게 이런 음식을 먹이는 것
은 우리 사회에서 얼마나 많은 말도 안 되는 일이 일어나

고 있는지를 잘 보여주고 있어. 이건 말도 안 돼."

나는 테이블에 놓인 메뉴를 바라보았다. 사형수 감방의
화요일 정찬 메뉴가 있었다.

스파게티 수프

비트와 양파 샐러드

비네그레트 드레싱

구운 돼지다리

브라운 소스

갈아 만든 라운드 스테이크

으깬 감자

크림 스타일 옥수수

기타 등등.

이것들이 말이 안 된다고? 비트와 양파 샐러드가 어떻
게 우리 사회를 규탄한다는 말인가. 나는 우리 사회가 그
보다 더 강하다고 생각했다. 이 메뉴가 나쁜 사람들의 손
에 들어간다면 위협이라도 되는 걸까?

나는 호기심에 하루 종일 샌프란시스코를 돌아다니면
서 사람들에게 메뉴를 보여주었고, 그렇게 사형수 감방의
일주일 메뉴가 훑고 지나간 흔적을 남겼다.

마지막으로 나는 샌프란시스코 주립대학교에서 전과목 A를 받은 친구 집에 갔다. 그의 딸은 마루에서 놀고 있었는데, 아주 예쁜 줄무늬 옷을 입고 있었다.

아버지가 메뉴를 읽는 동안, 아이는 알파벳 책을 소리 내어 읽고 있었다. 그는 몸을 숙인 채로 천천히, 정확하게 읽었다.

"S는 산타클로스Santa Claus."

아이는 머리가 아주 좋은 네 살짜리로, 클래라 보*가 아이 모습으로 다시 나타난 것 같았다.

"이건 메뉴로군." 메뉴를 다 읽고 나서 아이 아버지가 말했다. "그리고 메뉴라는 것은 존재하지 않는 음식에 대한 설명서이지."

내 친구는 자신의 지성을 사용하는 것에 대해 조용하지만 열렬한 자부심이 있는 사람이었다. 그는 자신의 두뇌가 마음에 들었다.

"이건 샐러드가 아니야." 그가 메뉴에 있는 샐러드를 가리키며 말했다. "이건 법적 의무로서 샐러드가 만들어져야 한다는 거지."

"그렇게도 볼 수 있겠군." 내가 말했다.

---

* 20세기 초 미국 영화배우로, 단발머리와 스커트 차림을 한 말괄량이의 대명사이다.

그의 아내가 직장에서 돌아왔다. 그녀는 병원에서 일했고 피곤해 보였다. 매우 힘든 하루였을 것이다. 나는 그녀에게도 메뉴를 보여주었다. 그녀는 그것을 보더니 입을 씰룩거리면서 얼굴을 찌푸렸다. "끔찍하네요." 그녀가 말했다. "이건 끔찍해요. 정말 끔찍해." 그러고는 그것이 사악한 포르노라도 된다는 듯이 내게 돌려주었다.

잠시 후 그 꼬마는 알파벳 책을 내려놓았다. 싫증이 난 것이었다. 일종의 슬픈 피날레로 그 아이는 "N은 나무의 둥지Nest"라고 말했다.

아이 아버지와 나는 메뉴에 대해 이야기하고 있었다. 우리는 메뉴에서 제거된 현실에 대해 오랫동안 깊은 대화를 나누었는데, 그 과정에서 메뉴는 일종의 생각의 잠수종이 되어 바다 속으로 깊이, 더 깊이 들어가다 차디찬 바다 밑바닥에 닿아, 일요일 사형수 감방 메뉴인 색칠한 부활절 계란을 물고기처럼 바라보고 있었다.

컨벤션

지난주에 나는 같은 거리에서 한 시간 간격으로 두 명
의 일본 난쟁이를 보았다. 그들은 인생이란 우연이고 통
제를 벗어나 있다는 것을 잘 보여주었다.

우리는 다음 순간에 일어날 일을 전혀 모르고 있다.

나는 언제나 난쟁이들을 좋아한다. 난쟁이를 볼 때마다
나는 기분이 좋아진다. 그것은 마치 마술을 보는 것 같다.
많은 사람들이 난쟁이는 어린아이와 같다고 생각하지만,
그것은 그들의 선입견일 뿐이지 내 생각은 아니다.

나는 난쟁이에게 어린 시절이 있었으리라고는 상상할
수 없다. 그들은 원래 그런 모습으로 태어났으며, 실제로
는 예순 살 정도일 것이다. 그리고 태어날 때부터 그 나이
였기 때문에 말을 배우는 데 아무 문제도 없었으리라. 이
미 알고 있을 테니까.

내가 이런 생각을 말하는 것은 아주 조심스럽다. 다른 사람의 감정에 상처를 주고 싶지 않기 때문이다. 나는 그들이 엄청난 문제를 안고 살아야 하는, 동정심 있고 감정도 느끼는 인간이라고 생각한다. 그들을 감히 다르게 보는 짓은 절대로 하지 않을 것이다.

하지만 그들은 여전히 내게 마술 같은 존재이다……

아마 도쿄에서 난쟁이들의 컨벤션이 있었고, 내가 그 두 컨벤션을 시차를 두고 본 것인지도 모르겠다.

불가능한 꿈을 찾아서

    나는 그 여자가 아이와 함께 집에만 있어야 한다고 생각하지는 않는다. 그들에게도 나처럼 시내를 돌아다닐 권리가 있기 때문이다. 아이들은 말라붙은 웨하스처럼 될 때까지 집에 있게 하지 말고 밖에 데리고 나가야 한다.

    하지만 그래도…….

    나는 그녀가 아이를 데리고 거리에 있는 모습을 자주 본다. 그녀는 서른 살 정도에 유럽인처럼 보인다. 미모는 퇴색하고, 윤곽은 흐릿해지고, 이 하나가 빠져 있다. 왜 새 치아를 해 넣지 않는지 알 수 없다. 그렇게 가난한 것도 아닌데. 이곳은 좋은 동네이고 그녀는 이곳에 잘 어울린다.

    하긴, 나도 이가 두 개 빠졌으므로 그녀를 나무랄 수 없다. 왜 나도 새 치아를 해 넣지 않느냐고? 겉으로만 보아서는 모르니까.

그녀의 아이는 아주 활동적인 여자아이로, 항상 발랄해 보이는 옷을 입는 휘파람처럼 깨끗한 아이이다. 그러므로 내가 그들을 만날 때 기분 나쁠 일은 없다. 또 그들이 얼마나 자주, 얼마나 오래 돌아다니는지에 대해 시비를 걸 자격도 없다.

하지만 그래도…….

나는 하루에도 여섯 번 때로는 열두 번씩 그들을 만난다. 내가 그들을 만나러 일부러 나가는 것도 아닌데. 내가 그들을 만날 시간에 시계 알람을 맞춰놓는 것도 아니고, 일정표를 갖고 다니는 것도 아니며, 스톱워치를 사용하는 것도 아닌데.

하지만 그래도…….

내가 그들을 만나지 않을 때가 얼마나 되는지 생각해 본다. 물론 인생이란 쉬운 것도 아니고, 계획대로 되는 것도 아니라는 것을 잘 알고 있다. 더구나 내가 그들을 볼 때마다 그들도 나를 본다는 사실을 잊어서는 안 될 것이다.

전화회사의 구약성서

우리 모두는 구약성서에서 막 튀어나온 것 같은 전화 회사와 모험을 벌인다. 친구에게 전화를 걸어 안부 인사를 하고 싶을 뿐인데, 파라오의 군대를 집어삼켜 익사시킨 홍해를 걸어가는 것 같은 일이 벌어진다. 모세와 그의 백성을 다시는 이집트로 끌고 가고 싶지 않은데.

의도는 그게 아니었다고 스스로에게 계속 말해본다. 친구에게 장거리 전화를 걸어 이렇게 말하고 싶을 뿐이었는데. "안녕, 마이크. 클리블랜드는 살기 좋아?"

내가 전화회사와 문제가 있는 것은 전화 연결이 제대로 안 되거나, 잘못된 청구서가 오거나, 통화 품질이 불량한 것 때문이다. 우리 은하계의 반대쪽 허공에 대고 "여보세요? 여보세요?"라고 소리쳐야만 하는 것이다.

우선 전화회사와 통화하는 것부터가 어려운데, 일단 통

화가 되어도 온갖 문제가 또 생겨난다. "3009년까지 기다려야 한다고요? 그것은 말도 안 되잖아요! 상급자와 통화하게 해주세요."

그러면 상급자가 나와서 전화개통일자가 실수로 3009년으로 되었다고 확인해준다. 상급자는 내 전화가 2564년에는 개통될 거라고 안심시켜준다.

"그것은 너무 길어요. 저는 살아 있는 동안 친구들과 친척들에게 전화를 하고 싶단 말이에요. 매니저 바꿔요!" 매니저가 이탈리아 아시시의 성 프란체스코 같은 근엄한 목소리로 말한다.

나는 상담원이 전화가 개통되려면 3009년까지 기다려야 한다고 했고, 또 다른 사람은 2564년까지 기다려야 한다고 말했다고 항의한다.

전화 때문에 거의 미친 듯이 날뛰고 야단법석을 떤다. 매니저에게 전화가 개통될 때쯤에는 나는 이미 수백 년 전에 죽어 있어서 전화를 할 수 없고, 설사 전화를 한다고 해도 친구들과 친척들이 다 죽어서 누구에게도 전화를 걸 수 없다고 말한다.

그 매니저는(자기가 매니저라고 하니까 믿어야겠지만) 동정심을 갖고 들어주었다. "예, 잘 알겠습니다." 그가 민트처럼 위로하는 목소리로 애정 있게 말했다. "그런데요, 지금 어디에서 전화하시는 건가요?"

"공중전화에서요."

"밖에는 눈이 오는데요." 그가 동정심이 묻어나는 목소
리로 말한다. "춥고 불편하시겠네요. 금세기 들어 최악의
겨울이랍니다."

"춥네요."

어느덧 나는 새로운 친구를 만든 기분이 든다.

"가장 빨리 개통되는 때가 언제인가요?" 그의 친절에
마음이 녹은 나는 조용히 묻는다. "난 전화가 당장 필요
한데요. 공중전화 밖에서는 사람들이 전화를 사용하려고
기다리고 있어요. 그들 중 한 사람은 손에 갈고리가 있고,
다른 젊은 사람은 성난 개미가 잔뜩 묻어 있는 튜바를 들
고 있어요. 그 개미들은 작은 이빨이 있는 것 같아요. 이
사람들은 화가 난 것처럼 보여요. 나이 든 여자 한 사람은
면도칼처럼 뾰족한 우산을 들고 있고요. 언제 우리 집에
전화를 개통할 수 있나요?" 나는 자존심도 다 팽개치고
사정하고 있었다.

"손님은 특별한 경우이니까요." 그가 부드럽게 말했다.
"2305년에 개통해드리지요. 그렇게 하도록 당장 주문해
놓을게요. 십 년 정도 조정이라면 어떻게든 해드릴 수 있
지요. 언제 댁에 계실 건가요? 일단 전화기를 설치해야

해서요."

이제 나이 든 여자는 우산을 들고 공중전화 부스를 맴돌고 있다. 그 우산은 달려드는 코뿔소의 목이라도 단숨에 자를 수 있을 것 같다.

"나이 든 여자는 어쩌고요?" 내가 속삭인다.

"그분과 친구가 되세요." 그가 속삭인다. "새로 알게 된 사람은 멋진 동료가 될 수 있지요. 자, 댁에 언제 계시나요? 약속 날을 잡아야 해서요."

"그것은 앞으로 327년 후인데요."

"오전 8시와 12시 사이로 할까요? 아니면 오후 1시와 6시 사이로 할까요?"

"저 나이 든 여자는 저와 친구가 되고 싶지 않나 봐요." 내가 속삭인다.

그러자 그도 속삭인다. "그럴 리가 있나요. 손님은 굉장히 성격이 좋으신데요. 전 벌써 손님을 좋아하게 됐답니다."

베이루트에서의 아침식사

내가 늘 이런 일을 하는 건 아니다. 한때 나는 세계를 두루 돌아다녔고, 베이루트에도 가끔 갔다.

나는 베이루트에서 하는 아침식사를 좋아했다. 내가 묵은 호텔 근처에 독일 식당이 있어서, 아침마다 거기에서 아침식사를 하곤 했다. 사우어브라튼*, 붉은 양배추, 그리고 따뜻한 감자 샐러드. 그리고 비엔나 슈니첼을 더블로 주문했다.

아침식사와 함께 나는 맥주 세 병을 마셨고, 애플 슈트르들** 한 조각과 슈냅스 한 잔을 마셨다.

베이루트에서 독일식 아침식사로 하루를 시작하는 것은 언제나 좋은 생각이다.

---

*   식초에 절인 소고기를 볶은 독일 요리.

** 독일식 애플파이.

은하수로 간 또 하나의 몬태나 학교

　거기에는 모든 것이 있었지만, 학교는 없었다. 거리에
는 근처에 학교가 있으니 조심해서 운전하라는 경고 표
지판이 있었지만.

　그 표지판에는 책을 안고 있는 남녀 학생의 실루엣이
있었다. 그 표지판은 조심히 운전해서 아이들이 책임감
있는 시민으로 성장할 수 있도록 해달라는 뜻이 담겨 있
었다. 그런데 학교가 없어서 유감이었다.

　나는 조심스럽게 운전하지만 학교는 볼 수 없는 운전
자들이 대체 학교가 어디 있는지 의아해할 거라고 생각
했다. 아마도 학교는 있을 텐데 자기들이 보지 못했다고,
자기들 잘못이라고 생각하겠지. 어떻게 내가 학교를 못
보고 지나칠 수 있지?

　학교가 거기에 없었으니 못 보는 것은 너무나 당연했

다. 나는 계곡의 하천으로 낚시하러 가면서 그 앞을 늘 지나다니는데, 근처 학교에서 아이들이 쉬는 시간에 뛰어놀거나, 교실에서 산수나 제10대 미국 대통령에 대해 배우고 있으리라 생각했다.

이 년 전 나는 약 이주일 아니면 한 달 동안 거기를 지나가지 않았다. 그 후 그곳을 지나갈 때에는 낚시에 정신이 팔려서 학교는 안중에도 없었다. 몇 년 동안 거기에 학교가 있으리라 생각했고, 또 학교는 일어나서 걸어 나가는 존재가 아니기 때문에 당연하게 여긴 것이었다.

그날 저녁 늦은 황혼 무렵에 차를 타고 돌아오면서, 나는 학교를 지나치는 동안 무엇인가가 달라졌다는 것을 눈치 챘다. 학교를 지나쳤다고 생각하는 이유는 기억의 최면술에 빠졌거나, 현실에서 너무 확실하게 믿었기 때문일 것이다. 그래서 나는 거의 학교를 볼 뻔했고, 뭔가가 달라진 것을 눈치 챘다. 하지만 그것이 무엇인지는 나도 잘 몰랐다.

학교는 무엇인가 잘못되어 있었다. 그다음 주까지도 나는 그게 무엇이었는지 생각해내려고 애썼다. 하지만 그래도 알 수 없었다. 나는 다시 그곳에 갈 일이 없었기 때문에, 그것은 내 삶의 작은 미스터리로 남았다.

그다음 번에 그곳으로 낚시를 갈 때, 나는 아주 조심스

럽게 살펴보았지만, 학교는 거기 없었다. 학교는 어디론
가 가버렸고, 나는 그곳이 어딘지 알 수 없었다. 왜 학교
가 옮겨갔는지도 알 수 없었다.

지금도 거기에는 근처에 학교가 있으니 조심해서 운전
하라는 표지판이 붙어 있다. 학교가 옮겨갈 때 그 표지판
은 왜 안 가져갔는지 모르겠다.

어쩌면 깜빡했을 수도 있고, 필요가 없어서였을 수도
있다. 그래서 학교는 실종되었고, 나는 그 학교가 옮겨간
곳이 다른 행성이 아니고 지구이기를 바란다.

팔십 대의 네 사람

　나는 여기 도쿄에서 그루초 막스에 대한 책을 읽고 있다. 그 책은 팔십 대의 그의 삶과 위트를 기록한 것이다. 나는 한번에 몇 페이지씩 읽는다. 나는 호텔방에 누워서 여기저기 뒤적거리며 그루초 마르크스의 노년시대를 읽고 있다. 그러다가 창밖으로 도쿄의 타임스퀘어라 불리는 신주쿠를 내다본다. 나는 그루초도 조금 보다가 신주쿠도 조금 본다. 그것은 이곳 도쿄에서의 내 삶의 흥미 있는 균형이자 막간극이다.

　이주일 전, 일본 시인이 와서 점심을 함께했다. 그는 사십 대 후반이었고, 우리는 많은 것들에 대해 이야기했다. 서부영화, 시, 일본과 미국의 차이, 문학, 몬태나의 날씨, 우리가 좋아하는 작가들 그리고 우리가 관심 있는 것들에 대해.

나는 그 시인의 지성을 좋아했다. 그의 지성은 민첩하고 정직했다. 한번은 내가 말을 마치고 잠시 침묵이 있었는데, 나는 그가 내가 한 말에 대해 매우 중요한 이야기를 하고 싶어한다는 것을 느낄 수 있었다. 그는 말하기 전에 마음속으로 조심스럽게 적절한 단어를 골랐다.

그러는 동안 나는 인내심을 갖고 기다렸다. 그는 전에는 말하는 데 그렇게 오래 걸리지 않았다. 나는 그의 정신이 모든 페이지와 단어들 뒤에 감추어진 미스터리 소설처럼 생각하는 것을 바라보고 있었다.

드디어 그가 말을 했는데, 그것은 나를 완전히 놀라 나자빠지게 했다. 그것은 누가 나에게 한 말 중 가장 충격적인 말이었다. 나는 어떻게 반응을 보여야 할지 알 수 없었고 그 역시 자기가 그런 말을 하지 않는 것처럼 태연하게, 그러나 다소 혼란스럽게 말을 한 다음에는 침묵했다.

우리는 한동안 서로 바라보며 그렇게 앉아 있었다. 그가 한 말은 "나는 팔십 대 세 사람과 같이 살고 있어요"였다. 나는 어떻게든 반응하려고 했지만 할 말이 없었다. "흥미롭군요"는 적절한 반응이 아닐 것이기 때문이었다.

우리는 계속해서 서로를 바라보았다.

시간은 마치 나이가 들어가듯 계속 흘러갔다.

내 잘못

어젯밤, 와이오밍 주에서 몬태나 주로 뜨거운 바람이 강력하게 불어 닥쳐서 자는 동안 내 꿈의 나뭇가지를 어찌나 세게 흔들었는지, 내가 나 자신이라고 부르는 뿌리까지 뒤흔들었다.

마치 망각으로 가는 고속도로의 러시아워처럼 악몽에 악몽이 꼬리를 물었다. 꿈에서 나는, 이제는 텔레비전에서 시들해진 버라이어티 쇼의 주니어 작가였다. 닐슨 시청률 조사결과가 차디찬 회색 도끼처럼 지평선 위로 떠올랐다. 아니면 내 미래의 또 다른 새벽이었을까?

나는 그 버라이어티 쇼의 스타인, 나이 들어가는 유대계 동성애자에게 프로그램의 오프닝 조크를 보여주었다. 그는 그것을 좋아하지 않았다. "글쓰기는 어디에서 배웠나? 닭장에서 배웠나?"

바람과 밤은 끝없이 계속되었다. 나무들이 하늘을 향해 몸부림치고, 내 꿈이 지진에 흔들리는 양로원 노인들의 틀니처럼 딱딱거리는 동안, 내 침실은 유령처럼 신음했다.

그것들은 침대 옆 유리잔에서 물고기처럼 뛰어오르고 있었다.

나는 내 마지막 꿈의 사슬을 풀어헤치고 나왔다. 내 눈은 새벽잠의 터널에서 빠져 나왔고, 나는 재빨리 침대에서 일어나 옷을 입고 밖으로 나갔다. 나는 잠에서 벗어나고 싶었다.

나는 닭장 밖에 서서 나를 바라보고 있는 닭들을 만났다. 바람이 닭장의 걸쇠를 벗겨내고 문을 열어서, 밖으로 나온 닭들이 나를 바라보고 있었다.

물론 문이 열리면 닭들은 밖으로 나가 바람을 맞고 서 있어야 한다. 적어도 닭들은 그래야 한다고 생각한다. 닭들이 바람에 날아가지 않아 다행이었다. 만일 아이다호 주까지 날아갔다면 닭들은 대단히 놀랐을 것이다.

새벽과 바람은 회색 도끼 색깔이었고, 도끼처럼 움직였다. 닭들은 마치 내가 바람을 세게 불게 해서 닭장 문을 열어놓은 것처럼 나를 노려보고 있었다.

플로리다

때로 겨울에 편지를 받는 것이 기분 좋을 때가 있다. 눈 사이를 걸어서 나가면 우편함에는 나를 기다리는 편지들이 있다. 나는 그것들을 가지고 들어와 무엇인지 본다.

우리 집에는 조그만 헛간처럼 생긴 큰 우편함이 있다. 우편물에 대해 나는 두 가지 느낌이 있다. 하나는 플러스이고 하나는 마이너스이다. 어떤 편지들에는 내가 만나본 적도 없는 사람들의 요구, 부탁, 요청 등이 담겨 있어 성가시고 당혹스러웠다.

만일 내가 그들에게 나를 위해 일주일 동안 목욕을 하지 말라고 한다면 그들이 그렇게 할지 생각해본다. 아마 아닐 것이다. 그들이 내게 원하는 것들 중 어떤 것은 그만큼 나를 불편하게 하는 것들이다.

다른 편지들은 더운 여름날 북극성처럼 맑고 시원한

찬물 한 잔 같다. 그런 편지들은 내게 힘을 주고 기분 좋게 해서 살아 있다는 것이 기쁜 것임을 느끼게 해준다.

청구서는 실존적인 지리학과도 같다. 그것들은 우리가 어디에 있든지 찾아내는 달러에 그려진 지도와도 같다.

때로는 초조하게 하고,

때로는 기쁘게 하며,

때로는 아무것도 아니다.

말도 안 돼! 이 금액을 낼 수 없어! 또는 **이 정도면 생각보다 조금 나왔네. 서비스도 좋았고 액수도 적절하군.** 또는 **이 3달러짜리 청구서는 지불한 줄 알았는데.**

광고 전단지는 광고 전단지일 뿐이다.

광고 전단지는 이름도 없이 벽난로로 던져져 몇 초 후면 재가 된다. 그것에는 삶이 없기 때문에 고통도 없다.

오늘 아침 나는 우편함에 가서 철로 된 파란 문을 열었는데, 아무것도 없었다. 나는 문을 닫고 손을 우편함 위에 올려놓았다. 햇볕을 받아서 기분 좋게 따뜻했다. 마치 몇 초 동안 플로리다에 있는 것 같았다. 여기는 추웠고, 눈은 한 달 동안이나 녹지 않고 있었다.

나는 편지도 없이 집으로 돌아갔지만 기분은 좋았다. 고맙다, 우편함이여. 내게 짧은 플로리다 여행을 허락해줘서.

유령들

잠들기 전에 나는 가끔 그녀를 생각한다. 하지만 기억
나는 것이라고는 그녀가 개를 키우고 있었다는 것뿐이
다. 우리는 술집에서 만났다. 우리는 잠시 이야기를 나누
었다. 그리고 몇 잔의 술을 마셨다. 그리고 그녀의 집으로
갔다. 거기에는 자전거가 있었다. 자전거에 발이 걸려서
나는 거의 넘어질 뻔했다. 자전거가 바로 문간에 있어서
였다.

우리는 사랑을 나누었고, 그녀 집에는 개가 있었다.

향신료와 장의사 연구

나는 사소한 것들에 관심이 있다. 마치 며칠 또는 그보다 더 오래 요리해야 하는 매우 복잡한 조리법의 양념 한 꼬집처럼 현실의 극히 사소한 일부에. 한 꼬집을 초과하면 위험해진다. 두 꼬집은 음식을 망치기 때문에 하면 안 된다. 차라리 핫도그를 사러 나가는 게 더 낫다.

예를 들어보자. 어젯밤 장례식장 옆을 지날 때 건물 안은 깜깜했다. 나는 밤에 불이 꺼진 장례식장은 본 적이 없다.

그것은 놀라운 일이었다.

물론 장례식장은 밤에도 불을 켜두어야 한다는 연방법은 있지 않다는 걸 나는 알고 있다. 하지만 은연중에 내 현실에서는 장례식장은 불을 끄면 안 된다고 생각했던 것 같다. 이는 명백히 내가 틀린 것이었다.

사소한 것이지만, 그것은 내 마음을 심란하게 했다.

　장례식장에 아무도 없었을 수 있고, 있었어도 아무도 불 켜는 걸 신경 쓰지 않았을 수 있다. 아니면 불을 켜나 끄나 아무 차이가 없었을지도.

토끼들

일본에 있을 때, 내 친구 중에는 토끼를 수집하는 친구를 둔 사람이 있었다. 내 친구는 미국이나 유럽을 여행할 때면 토끼를 데리고 왔다. 그녀는 아마 자기 친구를 위해 토끼를 이백 마리 정도 가져왔을 것이다. 진짜 토끼가 아니라할지라도, 그것은 일본 세관을 통과하기에는 많은 수였다. 그녀의 친구는 토끼와 관련된 건 모두 좋아해서, 유리나 금속으로 된 토끼도 좋아했고 토끼 그림도 좋아했다.

나는 그가 토끼를 좋아한다는 것 외에는 아무것도 모른다. 몇 살인지도 모르고 어떻게 생겼는지도 모른다. 내가 아는 것이라고는 일본 남자가 토끼를 좋아한다는 것뿐이다.

내 친구와 내가 도쿄 시내를 걸을 때도, 그녀는 그의 컬렉션에 추가할 토끼를 찾느라 분주하다. 토끼가 있음직한 장신구 가게는 빠짐없이 들어갔다.

이제는 나도 혼자 도쿄 시내를 돌아다닐 때에 어느 정도는 토끼를 찾는다. 오늘도 토끼가 있음직한 가게가 있어서 들어갔다.

도대체 그 남자는 누구인가?

왜 토끼를 좋아하는가?

케네디 대통령의 암살을 보는 다른 방법

인생은 때로는 벼룩 같은 짜증과 뾰루지 같은 실망의 연속이다. 당신은 단순한 일을 신뢰한다. 왜냐하면 그런 일은 몇 년 동안 벌어졌고, 너무 단순해서 벌어지지 못하게 할 필요가 없기 때문이다.

그것은 대통령을 임기 전에 바꾸는 일이나, 여든 살의 장모가 당신의 아내를 쉰다섯 살에 기적처럼 출산한 일이나, 볼링을 하려는 그녀의 키와 몸무게가 147센티미터에 36킬로그램밖에 안 나가는 일처럼 복잡한 게 아니다. 그녀의 피부는 약해진 뼈에 착 달라붙어서 이상한 연처럼 보인다.

당신은 그녀가 볼링공을 들어도 볼링을 할 수 없다는 것을 잘 안다. 그래서 지금 그녀의 상황에 맞는 다른 운동을 슬며시 권하게 된다. 당신이 바느질이나 우표수집 같은 것을 권하면, 그녀는 고개를 끄덕이며 동의한다.

우표수집은 아주 신나는 일이다. 당신이 말을 마치고 그녀를 설득했다고 생각할 때, 그녀는 처음으로 입을 연다.

그녀는 자기에게 알맞은, 사과만 한 크기의 볼링공은 없느냐고 묻는다.

아무튼 여든 살의 장모 이야기는 그만하고, 삶에서 복잡한 문제 없이 일어나는 단순한 일들로 다시 돌아가보자. 우리는 팬케이크에 대해 이야기하고 있다.

몬태나 주 리빙스턴의 레스토랑은 내가 노아의 방주에서 내린 후부터 일주일 내내 문을 열고 스물네 시간 아침식사를 제공한다. 몬태나에서 아침식사는 팬케이크를 의미한다. 버터와 시럽을 듬뿍 바른, 이스트를 넣은 팬케이크를 큰 유리잔에 담긴 차디찬 우유와 함께 먹는다.

지난 주 어느 날 밤, 당신은 잠이 안 온다. 아무리 노력해도 잠을 잘 수 없다. 9시에 침대에 누워 새벽 2시까지 베개를 잡고 뒤척이다가, 결국에는 침대에서 일어나 레스토랑으로 가서 팬케이크를 먹기로 한다. 팬케이크를 먹으면 잠이 올지도 모르니까. 레스토랑은 차를 타면 금방이다. 밤은 포근했다. 눈은 오지 않고, 하늘에는 별이 가득했다.

당신은 차를 주차하고 레스토랑으로 들어가 식탁에 앉는다. 술을 파는 바가 문을 닫았는데도 뭔가를 먹고 있는 사람이 열두 명 정도 있다. 메뉴는 필요 없다.

"팬케이크하고 우유, 큰 잔에 주세요." 당신은 교리문답처럼 지루하게 말한다. 웨이트리스는 커피도 필요하냐고 묻지 않는다. 그녀는 그냥 벽을 가리킨다. 당신은 조금은 어리둥절하지만, 그녀의 뻗은 팔과 멈춰 있는 손가락을 본다. 그러고는 손가락 너머 반대쪽 벽에 붙어 있는 표지판을 본다.

팬케이크는
자정부터
새벽 4시까지는
팔지 않습니다.

당신은 충격을 받는다. 그것은 케네디 대통령이 암살당한 이래로 가장 큰 충격이다. 당신은 아무 말도 하지 못한다. 그래서 웨이트리스가 손목시계를 내려다보며 대신 말한다. "지금은 2시 30분이네요. 한 시간 반은 더 기다리셔야 해요. 대신 뭘 드시겠어요? 햄하고 계란을 드릴까요? 소시지하고 계란으로 드릴까요? 아니면 프렌치토스트로

하시겠어요?"

"아니오"라는 말이 겨우 입 밖으로 나온다. 당신은 일어나서 그곳을 떠난다. 짧은 거리인데도, 마치 빌링스의 장례식장에 가는 것처럼 길게 느껴진다. 당신은 처음부터 스물네 시간 팬케이크를 서빙하던 레스토랑이 왜 갑자기 정책을 바꾸어 팬케이크를 네 시간 동안 추방했는지 의아해한다. 그것은 말이 안 된다. 팬케이크 만드는 게 뭐 그렇게 어렵단 말인가.

갑자기 당신은 케네디 대통령을 생각한다.

당신의 눈은 눈물로 가득 찬다.

결혼의 초상

가엾은 여자 같으니. 도쿄에 그녀를 위한 일은 없었다. 내가 그녀를 처음 보았을 때, 나는 그녀가 뚱뚱한 소년인 줄 알았다. 그녀가 이십 대 정도의 여자라는 것을 알아차리는 데에는 십 초쯤 걸렸다. 일본 여자의 나이는 알 수가 없다.

그 사람이 여자라는 것을 안 순간, 내 심장박동은 잠시 멈췄다. 그녀는 키 167센티미터에 몸무게가 90킬로그램 정도 되었다. 그녀는 누구하고 같이 걷고 있었는데, 그 사람의 성별도 기억나지 않는다. 왜냐하면 그 사람이 여자란 걸 알아차린 순간, 다른 모든 것은 배경으로 사라졌기 때문이다.

그녀는 청바지와 흰색 티셔츠를 입고 있었다. 내가 왜 그 여자의 복장을 언급하고 있는지 모르겠다. 굳이 말하자면 그렇다는 거지, 중요한 게 전혀 아닌데. 아마 내가 다음에 쓰는 것을 쓰고 싶지 않아서일 것이다.

그녀는 내 옆을 지나가면서 미소를 지었는데, 앞니가 하나도 없었다. 그녀의 입은 아시아의 분홍빛 구멍일 뿐이었다.

나는 이 세상에는 그보다 훨씬 더 나쁜 운명도 있다는 걸 안다. 그녀에게도 못생긴 남자처럼 보이고 앞니가 없는 뚱뚱한 여자를 사랑하는 가족이 있을 것이고, 그런 그녀를 사랑해서 결혼하는 남자도 있을 것이다.

그 남자는 아마 그 여자와 똑같이 생겼을 수도 있고, 그래서 사람들은 그들을 쌍둥이로 착각할지도 모른다. 그리고 가끔은 그 남자와 여자도 그런 착각을 해서 정체성의 미스터리를 풀기 위해 조금은 혼란스러운 눈빛을 보일지도 모른다. 도대체 누가 누구인지.

노인의 자화상

지난 일요일 파인 크리크에서 나는 매년 10월 열리는 감리교회 경매에서 독일 초콜릿 케이크를 샀다. 경매는 내년 교회 예산을 위해 열린 것이었다.

나는 교인이 아니었고, 초콜릿 케이크도 교인이 아니었다. 그래도 그 초콜릿 케이크를 본 순간, 그것을 가져야겠다는 생각이 들었다. 그 케이크는 작은 삼층짜리 궁전 모양이었다. 경매는 빠르고 격렬해서, 나는 스키를 타고 가파른 경사를 내려가는 것처럼 긴장했다.

"81번에게 30달러에 낙찰되었습니다."

81번은 나였다!

맙소사! 초콜릿 케이크 하나에 30달러라니!

나는 그것을 집으로 가져와서 예수의 재림 같은 특별한 경우에 먹으려고 냉장고에 넣었다. 나는 영수증도 받아왔다.

독일 초콜릿 케이크
30달러
파인 크리크 교회
1978년 10월 14일

난 그것을 샀다는 증거가 필요했다.

어제 나는 친구에게 그 30달러짜리 초콜릿 케이크 이야기를 하다가 충동적으로 지갑에서 영수증을 꺼내 보여주었다.

그는 재미있다는 표정으로 영수증을 바라보았다.

내 인생은 이렇게 끝나는 걸까? 21세기의 거리에서 우연히 만난 낯선 사람에게 알아보기 힘든 영수증을 보여주는 노인으로?

지금은 아무 상관 없는 신문 스크랩도 영수증하고 같이 갖고 다니는데, 그것도 보여줄 생각이다.

"30달러짜리 초콜릿 케이크이지." 나는 아무 상관 없는 신문 스크랩을 가리키며 말한다.

반짝이는 녹색 금속 재질의 옷을 입은 그 21세기 주민은 눈이 너무 밝은 노인을 기분 좋게 해줄 것이다.

"30달러짜리 초콜릿 케이크이지." 나는 마른 잡초 같은 앙상한 목소리로 다시 뻐긴다.

"그거 참 재미있군요." 21세기 주민은 그렇게 말은 하지만, 한편으로는 내가 타임캡슐에서 튀어나온 것은 아닌지 의아해할 것이다. 그리고 이렇게 생각할 것이다. "**이 노인은 최근에 커피를 사 마신 적이 없나 보다. 커피만 해도 50달러이고, 크림과 설탕을 추가하면 5달러가 더 붙는데.**"

"30달러라니!" 그리고 내가 살던 세상은 단지 추억이 되었다. 20세기 파인 크리크 감리교회의 어느 날 오후의 추억이······.

맥주 이야기

"저는 겨울에 요리하기를 좋아합니다." 캘리포니아의 어디에선가 예순 살의 이탈리아 요리사가 프로처럼 맥주 잔을 들고 말했다. 그는 맥주의 의미를 잘 아는 사람이었다. 맥주는 그에게 펼쳐진 책 같았다. 그는 맥주의 모든 페이지를 암송하고 있었다.

"저는 겨울에 요리하기를 좋아합니다." 그는 반복해서 말했다. "요리는 겨울에 맞지요. 여름은 너무 더워요. 너무 덥지요. 전 잘 압니다. 사십이 년이나 요리사 일을 했거든요. 한번도 틀린 적이 없었어요. 여름에 요리할 때 유일하게 좋은 것은 맥주를 더 많이 마시는 것이죠. 그런데 맥주는 늘 마신답니다. 그렇다면 덥지 않은 겨울에 마시면 더욱 좋을 것 같아요."

그는 맥주를 한 모금 더 마셨다.

"사람들이 저를 잘 알게 되면, 제가 맥주를 너무 많이 마신다고 하죠. 부정하지는 않겠어요. 왜 그래야 하죠? 맥주가 부끄럽지 않은데."

루디 게른라이히*에게 바치는 헌사 / 1965년

옷을 입은 모습은 지루함에서 벗어나려는 반反 태도를 표현
한다. ……만일 지루하다면, 우리는 터무니없는 제스처를 취
하게 된다. 그 외의 모든 것은 의미를 잃는다.

_루디 게른라이히

샌프란시스코와 금문교를 잇는 고속도로 아래에는 연
인들에게 결혼이 그런 것처럼, 아주 짧아서 건너갈 수 있
는 하얀색 말뚝 울타리에 둘러싸인 조그만 공동묘지가
있었는데, 무덤들은 겨우 몇십 센티미터 정도로 작았다.
  고속도로를 지나가는 차들은 아래에 있는, 꽃들과 잡초
사이로 바람이 부는 공동묘지에 대고 **덜컹, 덜컹, 덜컹** 소

---

*   오스트리아 출신의 미국인 의상 디자이너.

리를 냈다. 그 소리는 하루 종일 계속되었다.

위를 보면 붉은 고기 같은 고속도로의 금속과 고속도로를 차와 연결시키는 회색 콘크리트밖에 보이지 않았다.

공동묘지는 수천 개의 무덤이 군대식으로 도열해 있는 샌프란시스코의 프레시디오 공원 언덕의 공동묘지에 비하면 모기만 했다. 프레시디오 공원의 무덤들은 영원히 보초를 서고 있는 흰 묘비로 강조되어 있었다.

죽은 후에 나는 성조기의 영광이 빵조각처럼 도열해 있고, 거대한 성조기가 무덤 위에 빵가게처럼 솟아 있는 그런 무덤이 결코 될 수 없을 것이다. 하지만 병사들이 애완동물을 묻는 여기 조그만 공동묘지는 쉽게 될 수 있을 것이다.

여기에서 나는 무덤들과 표지들과 꽃들을 루디 게른라이히의 코트처럼 입고 바람 부는 캘리포니아의 햇볕 아래에서 몇 시간이고 꿈꾸며 지낼 수 있다.

나는 형식에 구애받지 않는 애완동물 무덤을 좋아한다. 그 대담한 애정표현이 내 스타일과 잘 맞는다. 나는 프레시디오 언덕의 공동묘지보다 여기에서 더 많은 사랑을 찾아볼 수 있다.

우리 병사들이 도미니카나 남베트남에 가 있고, 내 친구들이 그들을 걱정하고 있는데, 내가 일요일 오후 여기

에서 군인들의 죽은 애완동물과 함께 지내는 것은 아이
러니하다.

애완동물 무덤에 도착하려면 차를 타고 요새를 관통해
군부대와 병사들과 녹색 군병기들과 광장에 주차된 대포
를 지나가야 했다.

프레시디오에는 제6군단의 본부가 있다. 나는 애완동
물 무덤에 도착해, 차들이 고속도로에서 내는 덜컹거리는
소리를 들으며 죽은 동물들을 바라보았다.

무덤 사이에는 수많은 연약한 민들레와 작은 자주색
꽃들, 흰색 꽃들이 깨질 것 같은 샹들리에처럼 모래 섞인
토양에서 자라고 있었다.

거기에는 개들이 묻혀 있었다. 스멋지, 부치, 쇼티, 존
슨, 사탄, 훌라 걸, 시저, 샐리, 윔피, 낚시 친구 토니 맥과
이어, 경비견 오스카 E945가 누워 있었다.

고양이도 묻혀 있었다. 블랙아웃, 큐티, 레지나, 그리고
다카우에서 태어난 패치스가 누워 있었다.

햄스터 윌리도 있었다.

비둘기 디이드도 있었다.

앵무새 두 마리, 징글과 페피도 있었다.

금붕어 두 마리도 있었는데, 피터와 렐라였다. "신이시
여, 이 둘에게 축복을!"

그리고 작은 새 트위터도 있었는데, 이런 묘비명이 있었다.

여기 우유 잔에 빠져 죽은
트위터가
비단에 싸인 채
누워 있다.

여기에는 훌륭한 무덤이 많이 있었고 작은 무덤도 많이 있었다. 내가 개들의 묘비명을 읽고 있을 때, 아직 살아서 근무 중인 개들의 짖는 소리가 프레시디오에서 들려왔다.

어떤 무덤에는 조심스럽게 쌓아올린 자갈들이 있었고, 그 옆에는 플라스틱 마돈나가 옆으로 누운 채 침묵하고 있는 애완동물 묘비를 바라보고 있었다.

또 다른 무덤에는 막대기가 땅에 꽂혀 있었고 낡은 종이가 막대기에 스테이플로 박혀 있었는데, 일본 그림에 나오는 하늘처럼 보였다. 그 아래에는 병마개 세 개가 있었는데, 녹이 슬어서 무슨 병인지 구분할 수 없었다. 그것들은 묻혀 있는 동물들만큼이나 이름 없는 것들이었다.

어떤 무덤에는 흰색 울타리가 뽑혀진 채 둘러싸고 있

었는데, 울타리 말뚝 중 하나가 당겨져 있어 하트 혹은 사과 모양으로 구부러져 있었고, 그 가운데에는 '사랑'이라는 글씨가 쓰여 있었다.

그 옆의 또 다른 무덤에서 나는 피노키오 코를 가진 죽은 물개처럼 있는 죽은 두더지를 보았는데, 공동묘지 반대쪽에는 비어 있는 군대용 뒤쥐 독약봉투가 있었다. 잘못해서 두더지를 죽였지만 효과는 강력했다. 죽음의 성역인 무덤에서 강제로 목숨을 빼앗는 것이 이상했지만, 그날 하루만 약을 살포했을 수도 있고, 그렇게 해야 루디 게른라이히의 코트가 무덤의 몸에 어울릴 수 있겠다는 생각이 들었다. 다만 무덤의 어깨가 조금 꽉 조인다는 것은 인정해야만 했다.

죽은 애완동물들이 잊힌 채 누워 있는 곳, 잡초와 꽃이 거의 자라지 못하는 이곳에서 나는 늘어서 있는 비석들을 보았다.

그리고 질 좋은 흰색 돌들에 덮여 있는 커다란 무덤들과 비석들, 조화들도 보았다. 그중 몇몇에는 흰색 상자에 담긴 꽃, 화초, 선인장이 무덤 위에서 자라고 있었다.

누군가가 고속도로를 차로 지나가면서 이미 사용한 통근자용 통행권을 버렸는지, 1965년 4월과 5월의 금문교 통근자용 통행권이 십 년 전에 죽은 애완동물 페니의 무덤 위에 떨어져 있었다.

비석 중 하나에는 노란 태양을 어린아이 솜씨로 그린 그림이 있었는데, 햇빛이 땅을 향해 내리쬐고 있었다.

체커스라는 애완동물의 하얀 묘비도 있었는데, 묘비명이 아주 삭막했다. "다 끝났다."

묘지의 다른 곳에서 나는 시체성애증이 있고 맥주를 좋아하는 미국인이 남겼을 법한 아주 친숙한 흔적도 보았다. 무너진 묘비 옆에 빈 올림피아 맥주 캔이 뒹굴고 있던 것이었다.

나는 사람들이 왜 맥주를 사서 바로 묘지로 가지고 가 마시면서 묘비를 쓰러뜨리는지 절대 이해할 수 없었다.

그게 아이에게 모유를 먹이지 않는 미국 어머니들과 관계가 있는지 궁금하다. 아니면 미국문화에서는 아직 병 우유를 아이에게 먹일 준비가 안 된 것일지도 모른다.

거기에 얼마나 오랫동안 있었는지는 모르겠지만, 내가 보고 있는 개 무덤 너머로 병사 두 명이 다가오고 있었다.

그들은 어깨에 총을 메고 있었고, 손에는 군대용 식기를 들고 있었다. 나는 애완동물 묘지가 금지구역이 아니라는 것을 알고 있었기 때문에 별생각 없이 그들을 바라보다가 다시 개 무덤을 보았다. 그러다 내가 다시 그들을 보았을 때 그들은 아주 가까이 와 있었는데, 둘 중 하나가

손에 든 식기를 동료에게 맡기더니 총을 들고 내게 다가
왔다.

그러더니 갑자기 그가 펄쩍 뛰어 두 다리 사이의 고환
으로 중심을 잡으면서 내 앞에 두 발로 착지했다. 그는 두
손으로 총을 들고 있었다.

그는 묘지 바깥쪽에 있었고, 나는 묘지 안쪽에 있었다.

"손들어! 거기 누구냐!" 나를 노려보며 손가락을 방아
쇠에 건 채, 그가 소리 질렀다. 나는 수백 마리의 죽은 개
들과 고양이들, 금붕어와 햄스터와 비둘기와 앵무새와
운 나쁘게 우유 잔에 빠져 죽은 새 트위터에 둘러싸여 있
었다.

"전 여기 와도 됩니다." 나는 그 '터무니없는 제스처'를
받아들이면서, 헌병대장에게 허가증을 받는 것을 깜빡했
다고 말했다.

"여기서 뭘 하십니까?" 여전히 총을 겨눈 채 그가 물
었다.

"이 묘지에 대해서 글을 쓰려고요."

그는 미소 짓더니 총을 내렸다. "저도 그 글에 넣어주
세요."

나는 식기를 보고 물었다. "여기에서 점심식사를 할 건
가요?"

"아뇨. 점심은 이미 먹었습니다. 우리는 남베트남에 갑니다."

두 병사는 떠나면서 서로를 보고 미소 짓다가 웃었다. 아마 그들은 일요일 오후에 심심하고 무료해서, "손들어! 거기 누구냐!"를 써먹었던 같다. 그들은 병사가 되기에는 너무 어려 보였다. 남베트남에서 돌아오면 더 나이가 들어 있을 것이다.

나는 그곳을 금방 떠났다. 루디 게른라이히 코트를 고속도로 아래에 있는 짧은 하얀 울타리에 걸쳐두고. 그것은 거기에 있는 게 어울렸다.

칠면조와 마른 아침식사 시리얼 소나타

칠면조들은 마구잡이로 싸우고 있었다. 그들은 대단히 심각해서, 옆에서 지루해진 조랑말 두 마리는 칠면조들의 집안문제는 저희끼리 해결하라고 놔두고 숲에서 나와 공터로 나갔다.

나는 문을 닫은 관광객용 오두막을 향해 400미터쯤 걸어갔다. 문을 닫았다는 것은 출발하기 전부터 이미 알고 있었다. 나는 다만 현관문 앞의 푸른색 표지판을 다시 확인하고 싶었다.

물론 거기에 뭐라고 쓰여 있는지는 이미 다 알고 있었다. 다만 그것을 다시 확인하고 싶었는데, 그 이유는 안 그러면 거기까지 걸어가는 것을 정당화시킬 수 없어서였다. 나는 아침 산책을 하고 싶었고, 그래서 그 핑계를 대고 아주 조용한 파인 크리크를 걸은 것이다.

산책은 좋았다. 내 발이 눈을 밟자 아침식사로 나온 값비싼 시리얼을 밟은 것 같은 소리가 났다. 식품회사 제너럴 밀스에서 나오는 음악처럼.

문에는 여전히 푸른색 표지판이 붙어 있었고, 메시지의 내용도 변함이 없었다. 거기에는 이전 주인의 감사 인사가 있었고, 새 주인이 오는 2월 20일까지 문을 닫는다고 되어 있었다.

나는 새 주인이 오면 그 오두막이 얼마나 변할지 궁금했다. 새 주인은 어떤 사람들인지, 그들이 지도에서 겨우 한 점으로 보이는, 주유기 하나, 작은 카페 겸 상점, 긴 움막여관 몇 개가 있는 작은 관광객용 오두막을 어떻게 운영할지 생각해봤다. 파리나 뉴욕 혹은 도쿄에서 멀리 떨어진 이곳 몬태나 주 파인 크리크에서.

며칠 후면 새 주인들을 만나 새로운 주의사항을 알아볼 것이었다. 이 오두막의 새 주인이 누구인지, 이 작은 미스터리는 내게 지루한 몬태나 주 겨울의 며칠 동안 생각할 거리를 주었다. 오두막 길 건너편 숲에서는 칠면조들이 싸우고 있었고, 조랑말들은 숲에서 나와 공터로 나왔다. 나는 발밑에서 시리얼 부서지는 소리를 들으며 몸을 돌려 집으로 돌아왔다.

비를 맞으며 일하는 노인

　나는 도쿄에서 매일같이 사람들이 다른 사람들에게 전단지를 나누어주는 것을 본다. 그들은 길에서 전혀 모르는 사람들에게 전단지를 나누어주며 먹고산다. 사람들이 필요할 수도, 필요 없을 수도 있는 것에 돈을 쓰기를 바라면서.

　대부분의 사람들에게 전단지는 필요가 없다. 받자마자 던져버리고 잊어버린다.

　나는 근처에 있는 마사지방과 카바레의 전단지를 나누어주는 사람을 본다. 그런 곳에서는 여자들이 남자들에게 서비스를 제공하고 돈을 받는다.

　길에서 야한 전단지를 돌리는 사람들은 때로는 나이가 들었고 초라한 옷차림이다. 노인은 그런 일을 하지 않았으면 좋겠다. 다른 일을 하면 좋겠고, 옷차림도 더 좋았으면 한다.

하지만 내가 세상을 바꿀 수는 없다.

그리고 내가 여기 오기 전에 세상은 이미 바뀌었다.

이 글도 그렇지만, 가끔 나는 글쓰기를 마치면 어쩐지 나 자신이 불필요한 전단지를 돌리고 있는 것 같은 느낌을 받는다. 아니면 초라한 옷차림에 비를 맞으면서, 아름답고 유혹적인 젊은 여자들의 잔해로 가득 찬 카바레 전단지를 들고 있는 노인이 된 것 같기도 하다. 그 여자들이 문간에 있는 당신에게 다가올 때면 도미노 쓰러지는 소리가 들린다.

북태평양 철도의 놀라운 식당 칸

"철도회사가 승객들에게 음식을 제공하던 시절, 북태평양 철도의 식당 칸에서는 미국 북서부의 유명한 음식 두 가지를 특선으로 내놓았다."

이 문장은 제임스 비어드가 쓴 《미국의 요리》라는 요리책에서 구운 사과 조리법에 나오는 첫 문장이다. 아주 좋은 조리법이고, 읽다 보면 추운 12월의 아침에 시골 공항에서 이륙하는 작은 비행기처럼 꿈꾸게 만들어준다.

그 비행기, 즉 내 꿈은 공항을 천천히 돌며 상승하다가 항로에 진입한다. 그것은 내 나침반과 완벽하게 일치한다.

구운 사과가 내 목적지이다.

내 비행기는 늦은 가을날, 농가의 굴뚝에서 피어오르는

사과 껍질 같은 연기를 뿜으며 들판과 과수원 상공을 편안하게 시속 240킬로미터로 날아간다.

나는 천사의 날개로 감싸는 것처럼 풍성한 크림을 부은, 오븐에서 막 나온 신선하고 뜨거운 구운 사과를 좋아한다. 첫입을 베어 물면 사과는 테두리까지 행복으로 가득 찬 그랜드 캐니언처럼 내 미각을 즐겁게 한다.

비행은 끝났다.

내 비행기는 지금 막 구운 사과 위로 완벽하게 착륙했다.

도쿄에서 기차로 여행하기

어렸을 때 나는 새로 나온 아이들 노래인 〈차타누가 추추〉를 들었다. 이제 그 노래는 중년이 되어서 백발이 되었다. 나는 가사 전체를 듣지는 않았다. 그저 일부만 들었고 일부만 따라 불렀거나, 다음과 같은 단어만 따라했는지도 모른다.

"트랙 29."

그것은 그렇다고 치자. 이제 몇 년이 지나 비가 오는 도쿄의 길가 카페에서 나는 〈차타누가 추추〉를 듣는다. 이번에는 처음으로 노래 전체를 듣는다. 마치 노래 가사가 집을 짓는 목재라도 되는 것처럼. 노래가 끝나자 집이 지어졌고, 그러자 내 마음속에서 그 집은 강가의 작은 거리에 존재하게 되었다.

　〈차타누가 추추〉 전체를 다 듣는 데 그렇게 오랜 세월이 걸렸다는 사실이 믿어지지 않는다. 비가 오기 시작하는 도쿄에서 부드럽게 노래하는 내 목소리가 들린다.

　"트랙 29."

두 개의 몬태나 가습기

몬태나 주의 겨울 산에는 습도가 거의 없다. 언젠가 누가 나에게 여기가 지리학적으로는 알프스 고산지대에 속한다고 말했다. 하지만 나는 그렇게 생각하지 않는다. 왜냐하면 여기에는 송어로 가득 찬 강이 있고 아름다운 숲이 있기 때문이다.

나는 그저 내가 산속에서 살고 있다고 생각한다.

어쨌든 땅에는 눈이 30센티미터 정도 쌓였고, 대기는 건조하다. 우리는 불을 약하게 피운 난로 위에 물을 올려놓아서 습도를 유지한다. 며칠 전 나는 가습기가 필요하다고 결정했다.

안 될 게 뭐가 있겠는가.

습도가 있는 공기를 좀 마셔야겠다 싶었다. 나는 한번도 가습기를 사본 적이 없다. 그래서 재미있는 경험이 될 것 같았다. 늙은 개에게도 새로운 속임수를 가르쳐줄 수 있는 법이다. 그러니 가습기를 사서 어떤 건지 알아보자. 사실 나는 가습기 작동법도 몰랐다.

그래서 아내와 둘이서 끝없는 눈길을 달려서 마을 상점으로 갈 때 나는 다소 흥분했다.

우리는 주차한 다음 미끄러운 길을 조심스럽게 걸어서 분명 가습기가 있을 것 같은 잡화점으로 들어갔다.

상점 안에는 젊은 여자가 두 팔로 어린아이를 안고 있었고, 그 옆에는 젊은 남자가 아이를 안고 있었다.

하나는 한 살 정도였고, 또 하나는 겨우 몇 달밖에 안 된 어린애였다. 아이들 부모는 심각한 표정으로 무엇을 살지 고민하고 있었다.

직원이 계산대 앞에 서서 인내심을 갖고 그들의 결정을 기다리고 있었다. 그 직원도 그들의 결정을 도와주려고 심각한 표정을 짓고 있었다.

다행히 나는 이미 살 것을 결정했기 때문에 바로 직원에게 가서 말했다. "가습기를 사고 싶은데요."

나는 그녀가 가리키는 곳으로 가서 가습기를 내려다보았다. 내가 무엇을 기대했는지는 모르겠지만, 가습기가 나를 그다지 흥분시키지는 않았다. 그것은 꼭대기에 플라스틱 통풍구가 있는 갈색의 금속 캐비닛일 뿐이었다.

난생처음 해보는 가습기와의 조우는 분명 대단한 경험은 아니었다. 나는 그것의 작동법도 몰랐다.

"이거 어떻게 작동하나요?" 내가 점원에게 물었다. 그녀는 아직도 마음을 정하지 못하고 있는 젊은 부부 옆에서 9미터쯤에 떨어져 있었다.

"어떻게 생각해요?" 젊은 엄마가 남편에게 물었다.

"잘 모르겠어." 젊은 아빠가 대답했다

"지금 세일 중이에요." 점원이 그들에게 말했다.

"여기요." 내가 점원에게 걸어가면서 말했다. "많이 바쁘지 않으면, 가습기 작동법 좀 가르쳐주실래요?"

그 젊은 부부는 더 생각을 해야 하는 것 같았다. 다른 데로 가지는 않을 것이다. 그럴 것. 아이들이 착해서 그들은 방해받지 않고 뭘 살지 고민할 수 있었다. 아이들은 무심코 여기저기를 둘러보고 있었다. 여기가 어딘지도 모르고 있는 것 같았다.

"가습기를 사시게요?" 직원이 말했다.

"예."

"그럼 그쪽으로 가봅시다." 직원이 계산대를 돌아 나오면서 말했다.

바로 그때 젊은 엄마가 젊은 아빠에게 말했다. 그들은 젊었고, 둘 다 스무 살 정도로 보였다. "우린 가습기가 필요 없지요. 여기 두 대가 있으니까요." 그녀는 아이들과 그 아이들이 차고 있는 기저귀를 가리켰다.

우리는 모두 웃었다.

그런 다음, 그들은 다시 무엇을 살지 고민하기 시작했다. 그들이 무엇을 샀는지는 내게 영원한 미스터리이다. 왜냐하면 내가 가습기를 사서 나갈 때까지도 그들은 아직 결정을 못 하고 있었기 때문이다.

행운의 내용물

오늘 나는 일본여성의 정조관념 부족에 대한 일본 시인 다니카와 슌타로의 아름답고도 아주 슬픈 시를 읽었다. 그 시는 다른 남자와 섹스를 한 여자와 바로 그날에 같이 자는 것이 얼마나 힘든지에 대한 것이었다. 여자는 언제나 잠이 들고, 당신은 잠든 여자의 몸과 접촉하면서 생겨나는 엄청난 고독감에 잠 못 이루고 깨어 있게 된다. 다른 남자의 정자를 몸에 갖고 있는 여자는 난로처럼 따뜻하지만 당신은 춥다. 마치 우체국도 없고 우편물이라고는 칼바람밖에 없는 남극에서 부화했지만 얼마 못 가 죽어서 그대로 얼어붙어버린 털뭉치가 된 새끼 펭귄처럼.

그녀는 자다가 돌아누우면서 팔로 당신을 껴안지만, 그녀의 터치는 우편물을 배달하는, 그리고 당신의 가슴을 거울 같은 어둠의 그림자로 데려가는 남극의 찬바람 같다.

물론 당신은 그녀를 계속 사랑하겠지만, 그것은 다른 종류의 사랑일 것이다. 이제는 결코 전과 같을 수 없는 사랑일 것이고, 내일부터 그렇게 될 것이다. 거기 누워 새벽을 기다리는 동안, 당신은 인류 역사의 모든 남성 중 하나가 될 것이다.

침실의 어두운 그림자에서 당신은 로마 병사가 자기 아내와 침대에 누워 있는 것을 볼 수 있을 것이다. 아무런 위로도 가져오지 않는, 하늘을 가로질러 퍼져나가고 있는 새벽을 기다리며 그 또한 패배한 검처럼 천장을 바라보고 있을 것이다.

그것은 잘 알려진 이야기이다.

그 로마 병사의 침대에 드리워진 어두운 그림자 속에는 기원전 3천 년에 만들어진 이집트 침대가 있고, 행복하게 자는 여자 옆에 잠 못 이루고 천장만 보고 있는 이집트 남자가 있을 것이다. 그리고 그 이집트 침대 너머로는 원시인의 동굴과 짐승 가죽으로 된 침대가 있을 것이다.

그리고 깨어 있는 남자 또는 남자를 닮은 원시인도 천장을 바라보고 있을 것이다. 그의 여자 또는 그녀를 닮은 원시인도 행복하게 코를 골며 자고 있을 것이다. 남자가 무슨 생각을 하는지도 모른 채.

나는 그녀를 죽일 수도 있고 그냥 잊어줄 수도 있다. 그냥 안고 갈 수도 있고. 그녀는 왜 그런 짓을 했을까? 이제는 다른 방법으로 그녀를 사랑해야만 한다. 예전 방식은 이제 끝났다.

토드

여드레 만에 처음으로 온도가 30도를 넘었다. 이제는 내 인생의 게임들을 돌이켜보고, 왜 내가 이제 그 게임들을 하지 않는지 살펴볼 시간이다.

나는 이제 신문의 만화도 보지 않지만, 그것은 또 다른 이야기로 나중에 다시 언급하겠다.

……아주 나중에.

우선 게임으로 돌아가자.

어렸을 때 나는 게임을 좋아했다. 특히 비가 오는 날이면 게임이 최고였다. 파치지, 모노폴리, 오서, 올드메이드 등. 그중에서 나는 모노폴리를 좋아했고, 비 오는 날에는 체커 같은 게임도 좋았다.

어린 시절이 서서히 사라지자 게임들도 사라졌다. 그것들은 잊히거나 다락방 어딘가로 들어갔다. 아마도 더 이상 아무도 살지 않아 번지수가 아무 의미 없는 집 안으로 들어갔을 것이다. 번지수의 2가 7처럼 보이고 5가 1처럼 보이는 곳으로.

이십 대에 나는 주로 체스를 했고, 삼십 대에는 도미노를 했다. 하지만 체스는 스물다섯 살 때, 도미노는 서른세 살 때 그만두었다. 왜? 싫증났기 때문이다. 그게 다이다.

포커도 종종 했지만 운이 따라주지 않아서 많이 하지는 않았다. 언제나 잃었기 때문에 재미없었다. 늘 지기만 하면 누가 좋아하겠는가. 포커를 할 때의 내가 그랬다.

그래서 어젯밤에는 깊어가는 몬태나의 겨울밤에 눈에 둘러싸인 집에서 하는 스크래블을 했다.

그것은 내 아이디어는 아니었다.

나는 스크래블을 해본 적이 없어서 아무 관심도 없었다. 단어 게임이라는 것 외에는 어떻게 하는지도 몰랐다. 그것은 나무블록으로 된 알파벳을 맞춰 단어를 만드는 것이었다.

그보다 더 지루한 게임은 본 적이 없었다. 단어를 만드는데, 그래서 어쩌자는 것인가. 그것은 마치 재미로 진공청소기에 대고 숨을 쉬는 것 같았다.

어쨌든 손님으로 온 친구가 동네 가게에서 그것을 사왔고, 나는 조만간 그 게임을 하게 될 것을 알았으며, 결국은 끌려들고 만 것이었다. 다만 나중에야 그렇게 되리라 예상했는데 생각보다 빨리 끌려들었다. 어느덧 내 앞에는 단어를 요구하는 보드와 그 요구를 따라야 하는 일곱 개의 알파벳이 있었다.

게임이 시작되자 대번에 어리석은 짓이라는 느낌이 들었다.

우선 나는 철자법에 능한 사람이 아니었고, 철자로 게임에 승리하는 것은 도무지 말이 안 되는 것이었다.

그 게임을 사온 사람은 당연히 철자 맞추기라면 챔피언급 전문가였다. 나는 그 사람이 왜 그 게임을 좋아하고, 하고 싶어하는지 알 수 있었지만, 내 경우에는 시간낭비인 데다 지기만 해서 그것을 왜 해야 하는지 알 수 없었다.

우리 네 명은 게임을 시작했다.

일곱 블록으로 단어를 만들어야 하는 처음부터 나는 그 게임이 싫었고, 몇 분 후에는 증오로 바뀌었다. 내 인생에 어떤 것을 그렇게 빨리 싫어해본 적은 없었다.

보드에서 처음 사용한 단어는 '콰이어튼 다운quieten down'의 '콰이어튼'이었는데, 그것은 불합리한 단어였다. 여기 서부에서는 '콰이어트 다운quiet down'이라고 하지, '콰이어튼 다운'이라고 하지는 않는다. 나 또한 그런 말은 들어본 적이 없어서 사전을 찾아보는 치명적인 실수를 했다. 그런데 사전에는 영국에서 사용하는 말이라고 당당하게 나와 있었다. 나는 미국식 영어만 알지, 영국식 영어는 모른다.

내게는 그것으로 충분했다.

그것이 인생의 목적이니까.

다음 단어는 '테드ted'였다. 나는 '테드'라는 말도 들어본 적이 없다. 물론 테디 베어나 사람 이름 테드는 들어보았지만, 단어로서 '테드'라는 말은 못 들어보았다. 스펠링의 귀재인 내 친구가 만든 것이다. 또다시 나는 성급하게도 사전을 찾아보았다. 돼지가 베이컨을 찾듯이. 빌어먹을! 그런데 사전에 그 단어가 또 보란 듯이 나와 있는 게 아닌가.

만일 어떤 단어를 알고 싶으면 찾아보아야 한다. 이미 알고 있으면 안 해도 되지만. 하지만 실제 대화에 사용해봐야 한다. "'소똥 좀 말려주세요ted' 또는 '나는 풀을 말렸다'. 달리 무엇을 하란 말인가."

그래, 그 단어를 바로 사용해보자.

과연 그렇게 할 수 있나 보자.

우리는 그렇게 '테드'를 끝내고 다음 단어로 넘어간다. '테드' 다음에는 '토드tod'이다. 보드에서 '토드'가 나를 노려보고 있다. 사람 이름도 아니고 칵테일 핫 토디와도 관계없는, 완전히 다른 뜻의 단어이다. 다음번에 여우를 보았을 때, 친구에게 "저 '토드' 좀 봐!"라고 하고 반응을 기다려봐라. '토드'는 여우를 이르는 스코틀랜드 단어이다.

나는 즉시 그 게임에서 탈출한다.

나는 스크래블이라는 어리석은 군대의 포로수용소에서 멋지게 탈출한 병사이다.

내가 그만두자 커다란 동요가 일었고, 나를 달래서 게임에 복귀시키려 했지만 나는 단호했다. 나는 웃으며 일어나 소파에 앉았다.

그들이 나를 다시 테이블로 데려와 게임을 시키려 해서, 나는 소파에 앉아서 웃었다.

"이것 봐." 내가 말했다. "닭장에 '토드'가 있네. 이런, 웬 아름다운 '토드' 털 코트야! 어디에서 났어? 사전에서 났지. 그래, 너한테 잘 어울린다."

도쿄에서 질주하는 다섯 개의 아이스크림콘
루빈 글리크먼을 위해

대개는 아이스크림이 흐른다^{running}고 한다면, 아이스크림이 녹아 뚝뚝 흘러내려서 열심히 핥아야 하는 상황을 떠올릴 것이다.

아주 현실적으로 아이스크림을 생각해보면, 몸 **속으로** 흘러내리는 것은 대단히 긍정적이지만, 몸 **밖에서** 흘러내리는 것은 부정적이다. 그것은 우리가 원하는 것이 아니다.

나는 방금 한 일본 가족을 보았는데, 아버지와 어머니와 아이 세 명이 아이스크림을 들고 거리를 달리는^{running} 것을 보았다.

어쩐지 내게는 그것이 작은 기적처럼 느껴졌다. 전에는 일가족이 아이스크림을 들고 질주하는 것을 본 적이 없었기 때문이다. 그들은 모두 행복해했다. 아마도 이것은 러닝^{running}의 새로운 정의인지도 모른다.

닭들의 업적

아름다운 여자의 목소리처럼 감미롭게 부르릉 하고 들리는 복수의 엔진 소리가 그의 마음을 편안하게 해줬다. 그 소리는 조용한 중산층 주택가에서 닭똥을 가득 실은 덤프트럭을 라이트를 끈 채 몰고 있는 그가 이상하다거나, 정상은 아니라는 느낌을 들지 않게 해주었기 때문이다.

그날 일찍, 그는 몬태나 주 화이트 설퍼 스프링스에 있는 커다란 닭 사육장에서 한 트럭분의 닭똥을 사서 321킬로미터 떨어진 몬태나 주 비유 마을로 싣고 갔다.

그는 이런 일을 해본 적이 한번도 없었다. 그리고 친구에게 덤프트럭을 빌리고, 닭똥을 사기 위해 화이트 설퍼 스프링스로 몰고 가고, 닭똥이 트럭에 가득 실리는 걸 보는, 이 모든 과정이 재미있었다.

"엄청난 닭똥이군요." 닭똥 싣는 것을 도와주던 남자들

중 한 명이 말했다.

"그래요. 정말 많네요. 그렇죠?" 닭똥의 새로운 주인은 자랑스럽게 말했다.

닭들하고만 지내서 사람과의 대화가 고팠는지 그 남자가 다시 말했다. "이것들을 다 어디에 쓰실 건가요?"

"필요한 곳으로 가져간답니다."

"그렇군요. 이 닭똥이 잘 사용되기를 바랍니다." 닭똥을 싣던 남자는 이보다 더 좋은 말은 딱히 생각나지 않았다.

"그럴 겁니다." 우리가 마이크라고 부르게 될 그가 대답했다. 그의 원래 이름은 C. 에드윈 잭슨이지만, 이름보다 더 중요한 건 그가 닭똥으로 무엇을 했느냐이다.

쌀쌀한 2월의 초저녁에 마이크는 눈에 띄지 않게 조용히 차를 몰며 집들을 하나씩 지나치고 있었다. 그는 집 하나를 찾고 있었다. 트럭 번호판에는 진흙 칠이 되어 있어서 그가 어느 집을 다녔는지는 알기 힘들 것이었다.

번호판을 가린 건 그가 차를 몰고 와서는 어리둥절해 있는 작은 개를 버리고 간 사람의 집이 버트 스트리트에 있다는 것을, 차 번호판을 보고 알아냈기 때문이다.

그 차에 있던 사람들은 그의 집 근처 시골길에 개를 버리고 갔다. 그가 쫓아갔지만 그들은 이미 멀어지고 있었다. 그는 소리를 질렀지만, 그들은 이를 무시한 채 개를 몬태나 주 시골길의 잔혹한 현실에 버리고 간 것이다.

마이크는 산탄총을 들고 뒤를 쫓으려다가 차 번호판을 보고서는 집으로 돌아가 바로 적어놓았다. 아름다운 여인을 몇 년 동안 마음속에 간직하듯 기억해뒀다가 나중에 복수하려고.

그는 비유 마을에서 16킬로미터쯤 떨어진 곳에 조그만 목장을 갖고 있었는데, 사람들이 늘 원하지 않는 동물들을 데리고 와서 그의 소유지에 버리고 갔다.

가엾은 개와 고양이. **안락한 집이여, 안녕**. 버림받았다는 충격, 굶주림의 슬픔. 이제는 살아남을 수 없는 곳에서 살아남아야만 하는 운명이 되었다.

그들은 조금 전만 해도 행복한 애완동물이었지만, 밖에 버려지는 순간 천천히 고통스럽게 죽어갈 비참한 짐승으로 전락하게 되는 것이다.

애완동물은 야생에서는 살아남을 수 없다. 그들은 죽음이 그들의 삶의 그림자에 손을 댈 때까지 매분, 매시간, 매일 고통받게 된다.

시골 사람들은 이런 동물들이 필요하지 않다. 그들 자신이 동물이기 때문이다. 자기들이 필요 없어서 버린 동물을 왜 다른 사람이 도와주리라 생각하는 것일까?

시골의 집에는 백 마리의 고양이와 오십 마리의 개를

수용할 공간이 없다. 기껏해야 몇 마리 정도나 가능하다.

여관에도 자리는 없다.

가득 찼기 때문이다.

어쨌든 마이크 또는 C. 에드윈 잭슨은 자기가 기르던 애완동물을 길에 버려서 천천히 고통스럽게 죽게 하는 사람들을 더 견딜 수 없었다.

그는 비쩍 말라 굶어죽은 강아지들을 너무 많이 봤다.

한번은 정원에서 옥수수를 먹고 있는 아기 고양이를 보았고, 얼음처럼 차갑고 15센티미터 깊이인 하천에서 물고기를 잡으려고 하는 고양이를 보았다.

굶주림이 집고양이를 낚시꾼으로 만든 것이다.

그렇다. 그는 동물에게 그런 짓을 하는 사람들에게 아무런 애정도 없었다. 그리고 원하지 않는 애완동물을 수의사에게게라도 주어서 돌보게 하지 않고 무정하게 버리는 사람들에게 복수할 생각을 품게 되었다. 아마도 수의사에게 줘야 하는 몇 달러가 아까워서 버렸을 것이다.

마이크는 그 사람들이 동물들을 집에서 쫓아내면서 야생에서 살아야 하는 공포를 주고 나서 무슨 생각을 했을지 상상해봤다.

그러나 드디어 공정한 심판의 순간이 다가왔고, 복수의 아름다움을 실현할 부티 스트리트 14번지가 몇 블록 남지 않았다.

그 집은 크고 조용했으며, 중년의 부부가 이제는 편리하게도 개 없이 살고 있었다.

"개를 찾았나요?" 개가 '사라진' 날, 이웃 중 하나가 물었다.

"아뇨. 리틀 스콧은 아직 못 찾았어요."

"곧 찾기 바랍니다. 귀여웠는데."

"우리도 그러길 바랍니다. 그 개를 사랑했는데요."

"걱정 마세요. 찾으실 거예요."

마이크가 그 집 잔디밭을 지나 정문으로 돌진해서 닭똥 3톤을 쏟아 부었을 때, 그 부부는 텔레비전에서 〈육백만 불의 사나이〉를 보고 있었다.

남자가 텔레비전을 보다가 벌떡 일어났다. 너무 빨리 일어나서 그는 마치 육백만 불의 사나이 같았다.

여자는 비명을 질렀다.

그녀는 아직 모르고 있지만, 내일 미장원 가는 것을 취소하게 될 것이다. 다른 할일이 생겼기 때문이다.

닭똥의 무게 때문에 현관문이 열려서 닭똥은 눈사태처럼 거실로 쏟아져 들어갔다.

3톤의 닭똥은 많은 닭들이 만든 결실이었고, 그들의 업적은 헛되지 않았다.

눈(雪) 신부(新婦)의 성(城)

……가 없어진 것이 중요한 이유는, 그것이 일본의 에로 영화 〈눈 신부의 성〉의 마지막 장면이었기 때문이다. 그것은 환상적으로 에로틱한 영화였다. 몇 장면만 보고도 나는 십 대 소년처럼 발기가 되었다. 그것은 사막의 열기처럼 뜨겁게 나를 흥분시켰고 반짝이게 했다.

그 영화에 나오는 여자 배우들은 아름다움과 우아함과 쾌락의 극치였다. 그들은 점점 복합적이고 환상적인 행위를 했다.

내 발기의 강도는 나를 뒤로 내던져서 뒷좌석에 앉은 사람의 무릎에 앉게 만들 정도였다.

내 몸은 열대 바다의 소용돌이처럼 현기증 나는 섹스를 하는 것 같았고, 내 정신은 뜨거운 문이 계속해서 쾅 닫히는 것처럼 오락가락했다.

영화는 갈수록 더 복합적이고 더 환상적인 섹스로 진행되었고, 내가 아직 한번도 보거나 경험해보지 못한 육감적인 경험으로 나를 데려가고 있었다. 이 영화는 그동안의 내 섹스 경험을 마치 황량하고 지루한 곳에 있는 조그만 벽돌 건물에 있는 이름조차 없는 회사의 경리장부 담당자로 일생을 허송세월한 느낌으로 만들 정도였다. 거기에 사는 사람들이 백 년 동안이나 이름도 짓지 못한 그런 지루한 곳 말이다.

"내년에나 이름을 지으려고 해요." 그들은 그렇게 살아왔고, 그게 바로 지금까지의 내 섹스 라이프를 묘사하는 말이었다. 그 영화가 마지막에 보여주려고 하는 것에 비하면 말이다.

영화가 끝나려면 구 분이 남았다. 나는 극장 매표소에서 시간을 보았기 때문에 알고 있었다. 매표소에는 7시 9분에 영화가 끝난다고 되어 있었고, 극장 시계는 7시를 가리키고 있었다. 앞으로 십 분 안에 내 섹스 라이프는 과거의 유물이 되어 망각 속으로 사라질 것이었다.

눈 앞에서 벌어지고 있는 여성들의 에로틱한 행위는 극장 좌석을 뜨겁게 달구고 있었다. 내 좌석이 성적 흥분으로 증발하는 것 같은 느낌은 기분 좋은 경험이었다.

그때 무슨 일인가가 생겨서 나는 일어나서 로비로 나

와야만 했다. 뭔가 엄청 중요한 일이었고, 바로 처리해야
만 하는 시급한 것이었다. 하지만 왜 그런지는 모르겠지
만, 그게 무엇이었는지 생각은 안 난다.

시원한 소다수를 사러 일어났는지도 몰랐다. 마지막 섹
스 장면까지 충분히 돌아올 수 있으리라 생각했을 것이
다. 또는 전혀 다른 일이었는지도 모른다.

아니면 내가 화장실에 가야만 했는지도 모르고, 누군
가에게 중요한 편지를 전해주어야 해서 로비에서 만나기
로 했는지도 모른다. 영화가 시작될 때만 해도 나는 역사
상 가장 환상적인 섹스가 펼쳐지리라고는 상상도 못 했
기 때문이었다.

어쨌든 그게 무슨 일이었든 나는 로비에서 일을 본 후
다시 좌석으로 돌아갔는데, 영화는 이미 끝나고 까마귀떼
가 맴돌고 있는 성의 모습만 오랫동안 보여주고 있었다.

극장에는 불이 들어왔고, 극장은 정신을 못 차리고 멍
하게 앉아 있는 남자들로 가득 차 있었다. 어떤 남자들은
복도에 누워 있기도 했다. 모든 남자들은 내가 없는 동안
축복이라도 받은 듯한 표정을 짓고 있었다.

그날 밤이 그 영화의 상영 마지막 날이었는데, 다행히
도 다음 날 하루 더 상영하기로 되어 있었다. 나는 지옥
같은 기분으로 집에 돌아왔다. 그날 밤은 자는 동안 내내

뜨겁게 발기한 그곳에 얼음처럼 찬 물방울을 하나 떨어뜨리는 것처럼 고통스러웠다.

프로그램에 의하면 다음 날 첫 상영은 12시 1분이었다. 그날 아침은 얼음 덩어리 위에서 춤을 추려는 원숭이의 심정처럼 지나갔다.

11시 45분에 극장에 갔을 때, 극장은 사라지고 없었다. 아무런 흔적도 없었다. 극장이 있던 자리는 아이들이 뛰어놀고 노인들이 벤치에서 신문을 읽는 조그만 공원으로 변해 있었다.

나는 극장에 대해 물어보았지만 아무도 영어를 하지 못했다. 마침내 영어를 하는 사람을 만나 물어보았는데, 자기는 오사카에서 도쿄를 구경하러 온 관광객이어서 그 극장에 대해서는 전혀 모르지만 공원은 아름답다고 대답했다. 그는 그곳이 나무가 많아서 좋다고 했다.

나중에 나는 일본영화에 대해 잘 아는 사람들을 만나 〈눈 신부의 성〉에 대해 물어보았다. 그들은 그런 영화는 들어본 적 없다면서 제목이 정확한지 물었다.

제목은 확실했다. 〈눈 신부의 성〉이라는 영화는 그것뿐이었다. 그들은 도와주지 못해 미안하다고 했다. 그 사건은 그렇게 끝났다. 모든 것은 그대로였다. 사라진 것만 빼고는.

갑자기 만들어진 고스트 타운

마을에 가기 전에 몬태나 주에서 전해지는 말을 해야 겠다. 왜냐하면 오늘 누군가가 마을에 가야 하기 때문이 다. 만일 모두가 집에만 있다면 마을은 텅 빌 것이다. 다 니는 차는 없고, 거리는 휑하며, 상점들은 휴무가 아닌 수 요일에도 아무도 없어 귀신이 들린 것처럼 느껴질 것이 다. 그러면 6시 뉴스에도 나오겠지. 모두가 비웃을 농담 처럼 보일 것이다.

"오늘 인구 칠천 명의 몬태나 주 리빙스턴에서 모든 주민들 이 집에만 있기로 했다고 합니다. 그래서 스물네 시간 동안 고스트 타운이 되었지요. 이 독특한 현상에 대해 공식적인 언급은 아직 없습니다. 오늘 오후 ABC 방송이 접촉했을 때, 시장은 묵묵부답이었습니다. 그래서 우리는 다시 한번 몬태나 주가 미국의 마지막 미개척지임을 실감했습니다."

앵커는 앵커다운 미소를 얼굴 한가득 지으며 뉴스를 마칠 것이다. 마치 가라앉는 **타이타닉 호**의 앵커처럼.

여기에서는 아무도 그것을 원하지 않을 것이다. 그래서 나는 마을로 가서 내 모습을 보일 것이다. 나는 모두가 나처럼 하기를, 그리고 내 부재가 갑자기 만들어진 고스트 타운에 일조하지 않기를 바란다.

쥐

늘 가던 도쿄의 길가 카페에 앉아 있을 때, 뭔가 죽어 있는 것의 냄새가 났다. 나는 주위를 둘러보았지만 시체는 없고 냄새도 곧 사라졌다.

주문한 커피가 오기 전에 시체 냄새가 다시 났다가 몇 초 만에 사라졌다. 나는 커피를 마셨다. 다시 냄새가 났을 때에는 주의는 기울였지만 신경 쓰지는 않았다.

바람이 불고 있어서 그 바람에 냄새가 살려왔을지도 모른다고 생각했다. 그래서 나는 신경을 끄고 들락거리는 사람들을 바라보았다. 몇 시간 동안 사람들을 구경했고, 커피를 다 마신 후에는 와인을 마셨다.

그 냄새는 백 번도 더 났다가 사라졌고, 그러다 보니 문제될 게 전혀 없었다. 왜냐하면 곧 사라질 것이기 때문이었다. 그것은 식초가 설탕이 된 냄새 같기도 했고, 설탕이 식초가 된 냄새 같기도 했다. 내가 맡은 냄새는 그 중간이었다. 처음에는 바람에 실려온 냄새인줄 알았는데, 그게 아니라 나한테서 나는 냄새였다. 내가 가슴을 향해 머리를 숙일 때마다 그 냄새가 났다. 그래서 그 냄새가 내 심장에서 난다는 사실을 깨달았다.

내 심장에서 뭔가가 죽었다.

나는 그게 무엇인지를 냄새의 강도로 추측해봤다. 나는 그것이 사자나 양이나 개는 아니라는 것을 알았다. 논리적인 추측에 의해 나는 그것이 쥐라는 결론을 내렸다.

내 심장 속 쥐가 죽은 것이다.

어떻게 해야 하나.

한참을 생각하고 있을 때, 아름다운 일본 여자가 내 옆자리에 앉았다. 그녀의 테이블은 아주 가까이 있었고, 그녀에게서는 죽음의 반대 같은 섬세하고도 강렬한 향수 냄새가 났다. 그녀의 향수 냄새가 내 심장의 죽은 쥐 냄새를 나지 않게 해줬다.

그녀는 지금 바로 내 옆에 앉아 있다. 나는 그녀에게 향수 냄새와 내 심장의 죽은 쥐 이야기를 하고 싶지만, 그녀는 이해하지 못할 것이다.

그녀가 거기 앉아 있는 한 모든 것이 아무 문제 없었다.

하지만 다음에는 어떻게 해야 할지 생각해야만 한다.

카펫 파는 집

눈 폭풍을 맞은 마을에서 '카펫 파는 집'이라는 전기 간판이 켜졌다 꺼졌다 하고 있다. '카펫 파는 집'의 불빛이 꺼졌다 켜졌다 하고 있다. 지금 몬태나 주는 11월 밤이고, 거리는 텅 비어 있다. 모두가 눈 폭풍으로부터 피해 있고 싶어한다. 가끔씩 차들이 오래된 우표처럼 나타난다. 닫혀 있는 상점에서 카펫을 사라고 하는 전기 간판 위로 눈이 몰아친다.

카펫은 상점 안에 있지만 문은 잠겼고, 카펫 파는 사람들은 집으로 돌아갔다.

아무도 없는 상점에 왜 전기 간판을 켜졌다 꺼졌다 하게 두었는지 모르겠다. 자정에 거리를 걷다가 그 간판을 보고 카펫을 사고 싶은 생각이 나도 살 수 없다. 문이 닫혔으니까.

오늘처럼 눈 오는 추운 밤에는 따뜻하게 감싸려고 카펫을 사고 싶을 수도 있다.

하지만 잊어야지.

1977년 텔레비전 시즌

　지난밤에는 기온이 영하 11도로 떨어졌다. 가을 중 가장 추운 날씨였다. 나는 텔레비전을 보면서, 시트콤 같은 프로그램은 보면서 계속 기온을 체크했다.

　나는 얼음조각을 지키는 목자처럼 매시간 기온이 영하 1도에서 영하 11도로 내려가는 것을 확인했다. 텔레비전을 보다가도 집 뒤 베란다로 나가 기온을 체크했다.

　미국 대중문화에 대해서 이야기하기는 어렵고, 나는 하고 싶은 말을 조심스럽게 고르고 있지만 텔레비전보다는 기온이 훨씬 더 흥미롭다.

　기온이 텔레비전 프로그램이 아니어서 유감이다. 그렇다면 굳이 일어나서 밖에 나가 온도를 확인할 필요도 없었을 것이다. 나는 그저 자리에 앉아 9시 프로그램인 〈화씨 16도〉를 시청할 수 있었을 테니까.

창문

그러니까 아주 추운 날 김이 서린 부엌 창문 같다. 밖이 잘 안 보이다가 김이 서서히 사라지면 창밖으로 해발 3천 미터의 눈 덮인 산이 나타나고, 그러다 창문에 다시 김이 서리기 시작하면 난로 위에 있는 커피와 산은 꿈처럼 사라진다.

……그게 오늘 아침의 내 기분이다.

고통스러운 팝콘 라벨

그제 밤에는 샤워 매시 위스키를 새벽 3시까지 한 병 마시고 두 병째는 조금만 마시는 것이 멋진 생각 같았다. 어제 오후에는 그것의 단점으로서 엄청나게 고통스러운 숙취에 시달렸고, 나는 부엌 테이블에 앉아 빈 팝콘 단지의 라벨을 필사적으로 읽고 있게 되었다.

그 라벨은 단지에 들었던 내용물에 대해 내가 이제껏 알고 있는 것보다 훨씬 더 많은 것을 알려주고 있었다. 나는 한 달에 한 번 정도만 팝콘을 만드는데, 이 라벨은 내가 팝콘에 대해 가볍게 생각하고 있다는 걸 완전히 무시하고 있었다. 팝콘을 재배하는 사람에 대한 이야기가 장황하게 있었고, 수천 번의 고통스러운 실험과 4대째 내려오는 종자재배가 오늘날의 특급 팝콘을 만들어냈다는 내용이 있었다. '부드러운 케어'와 '외부종자의 인공교배'에 대해 언급했고, '기술적'과 '과학적'이라는 용어를 사용했으며, 자신들의 상품을 팝콘이 아니라 팝콘을 만드는 옥수수로 언급하고 있었다. 그러면서 '형용할 수 없을 만큼 보통의' 옥수수라는 표현도 사용했다. 나는 자기네 옥수수를 묘사하면서 '일반적인'이라는 말을 사용하지 않았다는 데 놀랐다.

어쨌든 나는 머리가 아팠고, 농부와 그의 '팝콘을 만드는 옥수수'에 대해 알고 싶지 않았다. 그 단지는 비어 있었다. 그래서 농부가 옥수수로 팝콘을 만드는 것에서 어떤 즐거움도 얻을 수 없었다. 물론 옥수수가 남아 있더라도 불가능했겠지만. 내 두뇌는 프라이팬에서 울부짖는 옥수수를 다루기에는 너무 우울했다.

라벨을 읽은 후 나는 그 팝콘은 절대 사지 않겠다고 맹세했다.

20세기에는 수많은 정보를 담을 수많은 공간이 있고, 어느 정도에서 선을 그어야만 한다. 내가 그었던 선은 다음에는 이것을 절대 사지 않는 것이었다. 나는 읽기 고통스러운 것을 라벨에 잔뜩 인쇄해놓지 않은 단순한 팝콘을 살 것이다.

일본으로 떠나는 상상의 시작

이것은 처음으로 일본 여행을 떠나는 상상의 시작이다. 당신은 샌프란시스코에서 비행기를 탄다. 당신은 아주 신난다. 일본이라니! 여러 달 동안 계획한 여행이다. 첫 여권, 천연두 접종, 그리고 일본과 일본의 관습에 대한 관광 안내서를 읽는다. 아침인사인 '오하요' 같은 간단한 일본어를 연습한다.

출발일이 가까워진다. 선물을 가져오기로 약속한다. 찻주전자, 부채 같은 것들. 그리고 수천 장의 엽서를 쓰기로 약속한다. 이주일 전부터 짐을 싼다. 혹시라도 잊어버리는 것이 있으면 안 되니까. 여행자 수표와 항공권도 사야 한다.

드디어 출발 날이다. 당신은 태평양을 건너 일본으로 간다! 시간이 흐른다. 당신은 흥분감을 통제할 수 없다.

수천 년의 역사를 가진 나라, 미국인들이 닭장을 짓기도 전에 절을 세운 나라!

열 시간 동안은 아무것도 보지 못한다. 그러다 해안이 보이고, 그 끝에 일본이 보인다!

비행기가 해안에 다가갈수록, 당신은 수백만 명이 해변에 서 있는 걸 본다. 비행기가 가까이 다가갈수록, 당신은 그들이 비행기를 보면서 비행기를 향해 흔들어댈 무엇인가를 손에 들고 있는 것이 보인다.

처음에는 그들이 무엇을 흔드는지 알 수 없다. 그러다가 갑자기 기적처럼 당신은 그것이 무엇인지를 보게 된다. 수백만 명의 일본인 남자와 여자, 아이들이 비행기를 향해 젓가락을 흔들고 있다.

일본에 온 걸 환영합니다!

나뭇잎

최근에 나는 마치 개학하기 전의 칠판처럼 자연으로부터 말끔히 지워져서, 어제 샌프란시스코의 일본인 지역인 재팬타운에 갔을 때 보도에 초콜릿 포장지가 널려 있는 것을 보았다.

수백 장이 널려 있었다. 도대체 누가 이 많은 초콜릿을 다 먹었단 말인가? 일본 초콜릿 먹기 대회 회원들이라도 지나갔나?

그러다 나는 거리에 자두나무들이 있는 것을 보았다. 그러자 가을이라는 것이 생각났다. 가을에는 낙엽이 수백 장씩 떨어지는 법이다. 해마다 말이다.

도대체 내가 왜 이러는 걸까?

다시 잠에서 깨어

나는 세상을 어깨에 짊어지고 있는 것 같다. 신경 써야 할 일과 세부사항을 생각해보면, 아틀라스는 겨우 내 무릎 정도에 오고, 그의 세상은 농구공 크기일 뿐이다.

내 정신은 아주 빠른 속도로 앞으로 나아가고 있어서, 이에 비하면 번개는 루이지애나의 어느 버려진 곳에 있는 집 앞 베란다에 앉아 있는 나이 든 여자의 쓸쓸해 보이는, 연한 레모네이드가 든 유리잔에 담긴 얼음조각처럼 느껴질 정도이다.

다시 말해, 내 정신은 궤도에서 약간 벗어났다. 사실 나는 지금 앨버커키*까지 반쯤 와 있다. 내가 첫 번째로 방향을 잘못 튼 건 오늘 아침 눈을 떴을 때이고, 두 번째로

* 뉴멕시코 주 앨버커키는 연방보안관들이 재판에서 위험한 증언을 한 사람들에게 증인보호 프로그램에 따라 새로운 이름과 신분을 주어 살게 하는 곳이다.

방향을 잘못 튼 건 침대에서 나왔을 때였다.

　사람은 자기가 있고 싶은 곳에 있게 된다. 하지만 지금 나는 멈춘 영화의 오버랩처럼 샌프란시스코를 배경에 깔고, 앨버커키에서 80킬로미터 떨어진 66번 도로에 있다.

　그런데 갑자기 오버랩은 마치 심장마비로 죽어가는 텔레비전처럼 파열하면서 뉴멕시코는 사라지고, 그 순간 나는 다시 내가 계속 있었던 샌프란시스코로 돌아가 브로드웨이를 향하는 커니 스트리트 계단을 걸어 내려가고 있다.

　이 모든 일이 벌어진 건 말리고 있는 오리 부리와 닭발로 가득 찬 창문의 현실감 때문이다. 새들의 다른 부위는 없고 부리와 발만 남아 있다.

　아마도 중국인 아파트의 창문일 텐데, 그곳에서 오리 부리와 닭발 다섯 줄을 햇볕에 말리고 있었다. 그것을 어디에 사용하는지는 알 수 없다. 어쩌면 백 년에 한 번 열리는 중국 축제에 사용할 수도 있겠고, 아니면 그냥 수프에 사용하는지도 모르겠다. 배고플 때 먹는.

　내가 아는 것은, 그것들의 현실감이 내 현실감을 다시 만들었고, 나는 커니 스트리트에서 그날을 새로 시작하고 있다는 것뿐이었다. 마치 내가 막 깨어난 것처럼.

3월 24일, 시(詩)가 몬태나 주에 오다

〈텔레비전 가이드〉에 그렇게 나와 있었다.

금요일 아침 6시에 시가 여기 온다는 것이다. 나는 이 암소와 산의 땅에 시가 오는 것을 기대한다. 시는 〈얼리 팜 워치〉 직후 여기에 와서 삼십 분 동안 머물다가 다음 장소로 출발한다. 애리조나로 가거나, 요청에 의해 그리스로 가서 재공연을 하겠지.

몬태나 주 텔레비전 방송은 5시 20분 〈컨트리 데이〉라는 프로그램으로 시작해서, 5시 25분 〈팜 뉴스〉, 5시 30분 〈선라이즈 시메스터〉, 그리고 앞에서 말했듯이 5시 50분에 〈얼리 팜 워치〉를 방영한다. 그리고 6시에 시가 오는 것이다.

시는 〈시인의 말〉이라는 프로그램으로 찾아올 것이고, 〈텔레비전 가이드〉에 따르면, "시어로 옮기면 미묘하게 변하는 노동의 의미"에 대한 것이다.

그것은 바로 몬태나 주가 원하는 것이었고, 열성적인 시청자들의 환영을 받을 것이었다. 나는 수천 명의 목장주들이 아침 6시에 화면에서 눈을 떼지 못한 채, 시에서 무엇인가를 배우고, 하루 종일 그것에 대해 이야기하는 것을 상상할 수 있었다.

"시와 해석 그리고 그 과정에서 잃어버린 의미에 대해 어떻게 생각하나?"

"나는 지난주에 송아지를 잃어버렸고, 내 첫 아내는 내 생일날 내 가장 친한 친구와 도망쳤지. 나는 다시는 스물일곱 살이 되고 싶지 않아. 그래서 시 프로그램을 열심히 들었지. 그 사람들이 잃어버린 의미를 찾아주기를 바라네. 나는 송아지를 찾고 싶어. 아내는 별로지만. 내 두 번째 아내는 요리를 잘해. 예쁘지는 않지만 요리를 잘하고, 다른 놈하고 도망가지 않아."

일요일

계산대에 서 있는, 내 앞의 중년 남자는 '샌프란시스코의 주님의 날'을 만끽하고 있다. 그는 바구니에서 물건을 하나씩 꺼내 계산대에 그의 일요일을 올려놓는다. 먼저 값싼 보드카 1쿼트, 그리고 개 사료 캔 하나, 신문, 그리고 벽난로에 넣을 인공 장작 하나.

젊은 계산대 직원은 자기 앞에서 모아지는 도시의 정물화를 무심하게 바라보고 있다. 그는 이런 고객을 하도 많이 봐서 더 이상 아무런 감흥이 없다.

"말보로100 두 갑도 주세요." 물건을 다 계산하고 나서 중년 남자가 말한다. 그는 목장에서 멀리 나와 있다. 그가 소 앞에서 담배를 피웠을 것 같지는 않다.

직원이 계산을 끝내자 남자는 지갑에서 바스락거리는 10달러 지폐를 꺼낸다. 그는 나이프처럼 그것을 반으로 접는다.

난 마흔넷이다.

자, 이제 내 차례이다.

일본인의 사랑

가까이에서 일본인의 사랑을 보고 있다. 실제로는 그들과 함께 침대에 누워 그들이 섹스하는 것을 보고 있다. 나는 그 움직임의 일부이지만, 이들은 좀 색다른 연인이다.

연인 중 하나는 영화감독이고, 다른 하나는 영화 그 자체이다.

만일 당신이 지금 나를 본다면, 내가 극장에 조용히 앉아서 아주 유심히 영화를 보고 있다는 걸 알 수 있을 것이다. 그러나 사실 나는 영화를 보고 있는 것은 아니다. 나는 모든 프레임이 키스이고 포옹이며, 모든 장면이 폭풍처럼 열정적인 섹스인 어떤 것을 보고 있다.

때로는 예술의 열정에 비하면, 인간의 사랑이라는 것은 북극 근처에서 옆으로 누워 있는 냉장고의 잔해 같고, 차디찬 얼음 같다.

탭댄스를 추는 박새 노예
존 프라이어를 위해

인간이 해바라기 씨앗을 잘못 사용하는 것에 대한 우화는 많지 않다. 옛날에 사악한 댄스 마스터가 살았는데, 그는 프랑켄슈타인 박사가 인정할 만한 방법으로 해바라기 씨앗을 자연의 동력원으로 사용하려고 했다.

그 댄스 마스터는 정말 사악했는데, 왜냐하면 겨울에 눈이 땅을 덮으면 박새들이 해바라기 씨앗을 먹고 산다는 것을 잘 알고 있었기 때문이었다.

해바라기 씨앗을 사용하는 것은 박새의 마음과 정신을 노예화하는 확실하고도 사악한 방법이었고, 그것이 바로 그가 한 일이었다. 그는 스무 개의 커다란 새 모이통을 사서 그것을 해바라기 씨앗으로 가득 채웠다.

곧 수백 마리의 박새들이 시골 멀리 있는 그의 집으로 몰려들었다. 그의 집은 양심이 있고, 미국 대통령이 되고 싫어하며, 박새 학대 중지를 공약으로 해서 미국 대통령이 되려는 사람들의 감시에서 벗어나 있었다.

박새들은 그가 사온 수십 킬로그램의 자루에 든 해바라기 씨앗을 탐식했으며, 곧 그의 영향력 아래로 들어갔다. 씨앗을 위해서라면 무엇이든 할 준비가 되어 있었다.

……무엇이든.

그 순간부터 그는 박새들에게 탭댄스를 가르쳤다. 몇 달 후 탭댄스를 추는 박새는 백 마리가 되었다.

그는 새들에게 모자와 지팡이를 만들어주었고, 씻지 않은 접시와 빈 병들이 가득한 부엌의 식탁에 있는 커다란 장식 거울 위에서 탭댄스를 추게 했다.

그는 전축으로 베토벤이나 딕시랜드 같은 좋은 탭댄스 음악을 틀어주었고, 박새들은 더 많은 해바라기 씨앗을 얻기 위해 성심성의껏 탭댄스를 추었다.

그는 존 오듀본 버스비 버클리처럼, 새들에게 저주받은 거울 위에서 춤을 추도록 정교한 동작을 가르쳐주었으며, 새들이 탭댄스를 추는 동안 값싼 진을 마시고, 십 년이나 된 상한 웨딩케이크를 먹었다.

교훈: 해바라기 씨앗을 너무 좋아하지 마라. 물론 당신은 박새가 아니지만, 사람 일은 알 수 없지 않은가.

늪의 즐거움

요즘 나는 늪이 즐겁다. 늪가를 거닐 때, 현실에 대한 내 인식에 균열이 생길 때, 그리고 지능이 있는 고여 있는 물이, 늪을 히말라야의 스카이라인으로 만들려고만 하지 않는다면 노벨상을 받을 만큼 영리하다는 것을 당신이 내게 가르쳐줄 때도 그렇다.

늪에 위험한 뱀이 있다고?

나는 그것을 은제 식기에 사용한다. 그것은 맛없는 음식을 맛있게 만들어준다. 햄버거 스테이크가 생사의 문제가 될 수도 있다.

늪에 모기가 있다고?

그것은 단지 피를 원하는, 날아다니는 에어컨일 뿐이다. 당신의 이기적인 피를 잃어도 아무 문제 없다.

늪에 유사流沙가 있다고?

나는 유사를 연인에게 하는 전화라고 생각한다. 우리는 비밀스런 날씨에 대해 대화를 나누고, 다음 주에 늪의 즐거움을 닮은 커피숍에서 만나기로 한다.

하늘색 바지

그 일본 여자는 모르고 있지만, 오늘은 그녀 생애 최고의 날이자, 그녀에게 에베레스트 같은 날이다. 그녀는 아마도 열여덟 살일 것이다. 그녀의 얼굴을 본 적이 없기에 추측할 수밖에 없다. 오늘 이후에 어떤 일이 있을지 모르겠지만, 그녀에게 오늘보다 더 좋은 날은 없을 것이다.

하라주쿠에서 야마노테 선 전철에서 내린 다음, 그녀는 남자친구로 보이는 사람과 나란히 내 앞에서 걸어가고 있다.

그녀는 땅에 어울리는 하늘처럼 몸에 착 달라붙는 아주 연한 파란색 바지를 입고 있다. 그녀의 바지는 특별하다. 그녀의 몸매는 훌륭하며, 그녀는 경배받는 20세기의 성지聖地처럼 걷는다. 그녀는 자신의 걸음걸이와 그림자를 잘 의식하고 있다. 그녀는 남자들의 시선에서 숭배의 기도를 보며 자기 몸에 대한 사람들의 종교의식을 느낀다.

역의 한 지점에서, 그녀는 자신의 엉덩이를 잠시 어루만지며 행복감을 느낀다. 그녀는 그 대단한 것이 자기 소유라는 것이 즐겁다. 사랑스럽게 자기 엉덩이를 만지며, 그녀는 행복하다.

그녀가 백 살까지 산다면, 인생에서 지금처럼 좋아질 일은 결코 없을 것이다.

몬태나 주 교토
헬레나의 남동쪽

교토에는 '이끼 정원'이라 불리는 불교 성지가 있는데, 거기에는 이끼가 수천 가지 향기를 뿜으며 각기 다른 모양으로 자라고 있고, 각기 다른 이끼는 각기 다른 음악의 형태로 순수하게 존재해서, 마치 우리 영혼을 인도하는 파란불 같다.

그 이끼 정원은 육천 년도 더 넘었고, 그래서 거기에는 이끼 사이로 피어오르는 수많은 음악과 기도가 있다.

여기 몬태나 주에도 사시나무 덤불로 가득 찬 암벽 골짜기가 가까이 있는 작은 계곡이 있다. 가을이면 그것들은 어디에서 와서 어디로 가는지 모를 노란 폭포처럼 보인다.

다르거나 같은 북을 치는 소년

이것은 지구상의 모든 문화권에 있는 이야기이다. 자기 주위에 있는 모든 것을 북처럼 치는 소년이 있었다. 그는 북을 갖고 다닐 수 없었으므로, 주위에 있는 모든 것을 북으로 만들었다.

몇 주 동안 나는 십 대 소년과 그의 드럼스틱을 주시하고 있다. 나는 그가 나무를 북처럼 두드리고, 의자 뒤와 벽과 테이블과 주차된 자전거의 안장을 드럼스틱으로 두드리는 것을 보았다.

며칠 전 아침, 카페의 스피커에서 북치는 것 같은 음악 소리가 주위를 가득 채웠다.

나는 고개를 들어 그 소년이 완벽한 리듬으로 북을 치는 것을 보았고, 북소리는 마치 그의 드럼스틱에서 나는 것 같았다.

3이 처음으로 의미를 가졌을 때

그의 마음속, 자연에 대한 범죄의 복사본이 칵테일파티에 참석했다. 복사본은 흥미로운 손님이었고, 함께 단체사진을 찍은 다른 손님들에게 즐길 거리를 제공했다.

자연에 대한 범죄의 복사본은 재미있는 이야기를 해주었고, 춤을 추었다. 다른 손님들은 매료된 채 바라보았다. 그때 전화가 울렸다. 그는 전화를 받고는 먼 곳에 또 다른 약속이 있는 것을 깜빡했다며, 바로 떠나야 한다고 했다.

복사본은 사과와 작별인사를 하고 떠났다. 잠시 동요가 일었지만, 곧바로 파티는 계속되었다. 이번에는 그의 어린 시절 기억이 떠올랐다.

그것은 처음으로 3이라는 숫자가 사과 세 개처럼 셋을 의미한다는 것을 배웠을 때의 기억이었다.

1970년대에 사는 사람의 한 프레임짜리 영화

삼 년이 지났지만 아무 일도 없었다.

첫해에는 아무 일도 일어나지 않았다는 것을 눈치 채지 못했다. 두 번째 해 중간쯤에야 그에게 그런 생각이 떠오르기 시작했다. 마치 잡지사나 신문사가 원하지 않아서 저자가 던져버리고, 자기가 그렸다는 사실조차 잊어버린, 게재를 거절당한 만화처럼.

······복사본도 없고 그런 기억도 없는······.

아무 일도 일어나지 않는 두 번째 해 중간쯤에 그런 생각이 그에게 떠오르기 시작했다.

세 번째 해가 막 시작되었을 때, 그는 아무 일도 일어나지 않았다는 것을 완전히 기억해냈다. 그는 그것에 대해 생각해봤다.

그게 좋은 일인지 나쁜 일인지는 몰랐다.

아무 일도 일어나지 않은 세 번째 해도 열한 달이 지나 저물어갈 무렵에야, 그는 그것을 알게 되었다.

그제야 그는 자기가 일어난 일들을 진짜 그리워하는 것인지, 아니면 단순한 향수병을 앓고 있을 뿐이고 과거에 의한 피해자에 불과한 것인지 의아해졌다.

자기가 어떻게 느끼는지를 알기 위해 그는 일 년을 더 기다리기로 했다.

서두를 필요는 없어. 그는 생각했다. **물에 들어갈 때, 다급하게 머리부터 처박을 필요는 없으니까.**

나의 도쿄 친구

그루초: 하포와 치코가 말하길, 그들은 할 수만 있다면 죽고
난 다음에 메시지를 보내겠다고 했대.

조지 제슬: 그들로부터 무슨 이야기를 들었나요?

그루초: 빌어먹을 한마디도 없어.

도쿄에 있는 내 친구는 팔십 대인 그루초 마르크스이
다. 나는 미국에서 올 때 그루초에 대한 586쪽짜리 책을
가져와서 친구가 필요할 때마다 읽고 있다.

그 책은 《자, 나는 이제 가봐야 해》로, 그루초의 친구인
샬럿 챈들러가 쓴 것이었다. 그녀는 여러 각도로 그루초
의 삶을 조명했다. 그에 대한 개인적인 회상도 있었고, 그
가 알고 좋아했던 사람들과의 대화도 있었다. 우디 알렌,
조지 제슬, 빌 코스비, 잭 니콜슨 등. 살아 있는 동생 쿠모,

제포와의 인터뷰도 있었다.

하포와 치코도 물론 나쁘지 않았고.

육 주 동안 나는 그루초 마르크스를 내 친구로 삼았다. 다만 내 일방적인 우정이어서 유감이었다. 나는 그에 대한 수백 개의 일화를 읽고 웃었으며, 그의 위트와 상상력에 매료되었다.

책에 묘사된 그와 도쿄에 솟아 있는 내 아파트의 방에서 시간을 보내지 않을 때에는, 어디에 가든 그에 대한 생각만 했다. 기차를 타고 창밖을 내다볼 때도 나는 도쿄를 바라보는 대신 팔십 대의 그루초 마르크스의 모습을 상상했다.

다른 사람에게는 도쿄로 보이겠지만, 내게는 그루초로 보였다.

혼자서 저녁식사를 반쯤 했을 그루초가 내 옆에 와서 앉아 재미있는 이야기를 하면 나는 미소를 지을 것이었다. 내가 일본 지식인들과 대화 중에 그루초가 슬며시 우리 뒤에 나타나서 "이 사람이 죽었거나, 아니면 내 시계가 죽었나 봅니다"라고 말하면 나는 웃을 것이고, 그러면 일본인들은 내가 왜 웃는지 의아해할 것이다. 그들이 어리둥절해하면 나는 "실례했습니다. 방금 재미있는 것이 생각나서요"라고 말할 것이다. 그들은 이 이상한 미국인을 이해하려고 해보겠지만, 이해할 수는 없을 것이다.

나를 웃긴 후 그루초는 방의 그림자 속으로 사라져 조용히 그곳을 떠난다. 당신을 죽음으로 데려갈 때까지 변함없을 그 그림자 속으로.

사요나라, 그루초.

닭 우화

나는 닭들을 거의 사람으로 생각할 뻔했다. 어제 몬태나 주에는 바람이 불었고, 닭들은 이탈리아인 같았는데, 내가 스파게티를 주었기 때문이다. 닭들은 로마의 잔치를 모방한 코미디를 했다. 그것은 이상한 사교클럽의 기념일 같았다. '이탈리아 안경과 기차와 자전거를 사랑하는 사람들'의 창립자 어머니의 여든한 번째 기일 같은 것.

닭들이 난생처음 스파게티를 먹는 동안 갈색 털로 뒤덮인 몸은 풀처럼, 이른 아침의 햇살 무늬처럼 바람에 날렸다.

닭들은 모두 스파게티 이야기를 했다. 그래서 내가 닭들을 사람으로 생각했나 보다. 끊임없이 이야기했으니까. 그들은 할 말이 언제나 많았다.

열일곱 마리 닭들이 로마에서 스파게티 식사를 하는

동안, 열여덟 번째 닭은 닭장에서 알을 낳고 있었다. 그 닭은 고개를 돌려 스파게티를 주는 나를 바라보았다. 바람이 나를 바라보는 밝은 눈을 잠시 반짝이게 했다.

오늘은 닭들이 동양인이 되었다. 내가 먹다 남은 쌀을 주었기 때문이다. 처음에 그들은 젓가락으로 매우 조심스럽게 맛을 보더니 금방 좋아하게 되어서, 중국에서 행복한 시간을 보냈다.

교훈: 이 세상 어디를 가나 닭요리는 늘 있다. 닭의 무덤과 가까운 곳이 아니라면.

담장

그것은 도시의 기억에 대한 망각으로 가득 찬 또 하나의 블록 크기 공터였다. 그곳에 살던 사람들은 이미 오래전에 늙어 죽었다. 이제는 집도 사라지고 사람들도 사라졌다. 이제 그 공터는 새로운 집들과 그곳에서 살 새 사람들을 기다리고 있었다.

백 년 후쯤에는 또다시 공터가 될 것이다.

그 공터는 철조망 담장으로 둘러싸여 있었다. 마치 그 공허함을, 안에 죄수가 있는 그것을 훔치려는 사람이 있다는 듯이. 여름이 지나서 누렇게 말라버린 풀들이, 담장 때문에 둥그런 언덕처럼 보이는 공터를 덮고 있었다. 나는 지반이 고르지 못해 그곳이 언덕처럼 보인다고 생각했다. 그것은 더 큰 풍경의 축소판이었다.

지팡이를 짚은 노인 하나가 주의 깊게, 아니면 추상적

으로 담장을 통해 공터를 보고 있었다. 나는 그의 관심을 끄는 것이 무엇일지 의아했다. 아마도 그곳에 집들이 번성할 때, 그 노인도 거기 살았는지 모른다. 하지만 웬일인지 그럴 것 같지는 않지만, 요즘 나는 자주 틀리니까 알수는 없다. 나는 하도 자주 틀려서, 그 노인이 거기 살지 않았으리라고 생각하는 것이 오히려 그곳에서 살았다는 증거가 된다고 생각했다.

그 공터를 바라보다가 노인은 하마터면 버스를 놓칠 뻔했다. 나는 뒷짐을 진 그의 가늘고 닳고 닳은 다리 사이에 끼어 있는 지팡이를 보았다. 그의 손에 가득한 주근깨는 너무나 진해서 정글에 버려진 마야 문명의 폐허를 공중에서 찍은 사진처럼 보였다. 노인은 입을 벌리고 하품했다. 아직 이빨은 있었다. 하지만 맙소사, 그것들은 너무 오래되었고, 누렇다 못해 갈색이어서 하얀 빵조각을 정복하기에는 너무 힘들어 보였다.

난 스스로에게 미소 지었다.

그들은 이 노인을 못 들어오게 하려고 182센티미터짜리 둥근 담장을 세웠구나. 그가 무엇을 하려고 했을까? 저 담장을 넘어가 옛 집들과 옛날 사람들을 다시 데려와 과거를 다시 세우리라 생각했나?

태양의 회원들

아침이 밝았다. 곧 텔레타이프가 작동해 도쿄의 호텔을 세계 각지에서 벌어지는 일과 연결할 것이다.

텔레타이프는 아직 깨어나지 않았지만, 얼마 지나지 않아 눈을 마지막으로 깜박이고 일어나 역사가들이 1978년 7월 17일로 기억하는 사건들로 우리를 데려갈 것이다.

이곳 게이오 플라자 호텔의 로비에 기계들이 잠들어 있는 동안, 역사는 잠시 후에 시작될 준비를 하고 있다. 기계들은 벨이 울리는 알람시계가 아니라 '테스팅 TESTING'이라는 글자에 이어 여섯 개의 구두점과 방송국 이름이 프린트되는 소리에 깨어날 것이다.

M

MN

MNN

그것은 우리가 깨어나는 방식과는 다르다. 글자들이 더 프린트되고, 거의 종교적인 메시지가 프린트된다.

재빠른 갈색 여우가 게으른 개를 덮친다.
재빠른 갈색 여우가 게으른 개를 덮친다.

첫 테스트는 다음과 같이 끝난다.

이상. 수신 상태 어떤가?······

알람은 첫 번째 메시지를 다섯 번 프린트해서 기계들을 깨우고, 여우가 개를 열 번 덮치며, "이상. 수신 상태 어떤가?······"가 다섯 번 기계를 깨운다.

그러면 기계들은 완전히 깨어나 일과를 준비한다. 그리고 태양으로부터 세 번째 행성인 지구와 교신하는 메시지가 프린트된다.

회원 여러분께: 굿모닝

도쿄행 급행열차를 탄 미국작가

김성곤

《도쿄 몬태나 특급열차》를 관통하는 주제는 일본과 미국의 문화적 차이, 외국생활의 생소함과 고독, 인간의 정체성 탐색, 덧없는 인연과 찰나적인 인간관계, 생소한 도쿄와 눈 덮인 몬태나에서의 고립과 고독, 그리고 나이 들어감의 슬픔과 죽음이다. 브라우티건은 1976년에서 1978년까지 몬태나와 도쿄를 오가며 살았고, 그때의 경험을 131개의 에피소드에 담아 1980년《도쿄 몬태나 특급열차》라는 제목으로 출간했다. 그리고 그로부터 사 년 후인 1984년, 자살로 자신의 삶을 마감했다.

브라우티건은 동시대의 생태시인 개리 스나이더처럼 일본문화에 심취했고, 벽에 부딪혔다고 생각되는 서양문화의 돌파구를 동양에서 찾으려 했다. 그리고 그 과정에서 미국과 일본의 문화적 특징을 성찰했고, 그것을 글로

옮겼다. 그래서 《도쿄 몬태나 특급열차》에는 미국인이 바라보는 일본문화에 대한 예리한 통찰이 비교문화적으로 펼쳐진다. 그런 의미에서, 그의 일본여행은 또 다른 세계로의 눈뜸의 여정이 된다.

예컨대 그는 〈잊을 수 없는 그녀의 슬픈 "땡큐"〉 〈일본의 눈(眼)〉 〈칫솔 귀신 이야기〉에서 미국 여성과는 사뭇 다른 일본 여성의 미묘한 심리를 관찰하고 관조한다. 그러면서 그는 풍자와 유머로 다음과 같은 비교를 한다.

> 그녀의 눈에서 나는 일본의 과거를 보았다. 수천 년 동안 식탁에 앉지 못했지만 행복한 일본 여자들을 보았다. 이 글을 쓰면, 나는 내 글을 읽다가 이를 갈며 생각하는 미국 여자들의 모습이 눈에 선했다. **오, 남성 폭압의 가엾은 노예여! 하녀처럼 그자들의 시중을 드는 대신 그자들의 고환을 발로 차야 해!**
> 나는 그들의 표정을 상상한다.
> 나는 그들의 눈이 이 방의 분위기와는 너무나 동떨어진 증오로 가득 차 있는 것을 본다.

물론 브라우티건이 본 일본 여성의 모습은 지금과는 많이 달랐던 1970년대라는 사실을 감안해야만 할 것이다.

《도쿄 몬태나 특급열차》를 읽으면서 느끼는 것 중 하나는 나이 들어감의 슬픔과 죽음이다. 〈루디 게른라이히에게 바치는 헌사 / 1965년〉에서 화자는 애완동물 묘지에서 자신의 죽음을 생각하며, 〈겨울 방학〉에서도 무덤을 지나가면서 삶의 덧없음을 느끼고, 〈마이 페어 도쿄 레이디〉에서는 나이 들어감의 서러움을 표출하고 있다.

나는 자기 나이보다 나이가 더 많은 배역을 맡은 배우를 유심히 살펴본다. 서리 내린 것처럼 머리카락을 하얗게 분장한 그는 배역에 맞는 나이로 보인다.

그러나 현실세계에서 나이가 든다는 것은 뼈와 근육과 피가 노쇠하고, 심장이 망각으로 가라앉고, 지금까지 살았던 모든 집들이 사라지며, 그리고 자신의 문명을 다른 사람들이 존재하기나 했는지조차 확신할 수 없게 되는 것을 의미한다.

삶의 덧없음은 또한 인간관계의 찰나성과도 연결된다. 예컨대, 〈미지의 친구의 무덤〉에서는 친밀감이 느껴지는데도 그냥 스쳐 지나가고 마는 사람의 경우를, 〈내 마음속에서 끓고 있는 어떤 것〉에서는 술집에서 재회를 약속했지만, 술에 취해서 장소를 기억하지 못해 다시는 그녀를 만나지 못하는 화자의 애틋한 심정을, 그리고 〈요츠야 역으로〉에서는 지하철에서 스쳐 지나가는 일본 여인과의 짧은 인연을 다루고 있다.

브라우티건이 보여주는 일본문화와 미국문화의 재미있는 대비 중 하나는 〈몬태나의 타임스퀘어〉에 나오는 전구 반품 에피소드이다. 1970년대만 해도 일본이나 한국에서는 물건을 구입하면 반품할 수 없었지만, 미국은 이미 반품제도가 일반화되어 있었다. 그리고 동아시아 문화에서는 부당한 대우를 받아도 참지만, 미국문화에서는 부당한 것은 절대 그냥 넘어가지 않는다. 그래서 사자마자 필라멘트가 떨어져 쓰지 못하게 된 전구를 반품하려는 화자와, 그것이 불가능하다고 생각하는 일본인 부인 사이에 생겨나는 문화적 갈등을 브라우티건은 위트와 유머로 기술하고 있다.

내려가서 나는 타버린 전구 두 개를 회수했다.

"이 전구들을 내가 어떻게 하려는지 알아?" 내가 분노가 깃든 목소리로 아내에게 말했다.

"아뇨." 아내가 조심스럽게 말했다. 그녀는 일본 여자여서 내가 극적인 선언을 할 때면 늘 조심했다. 그녀는 다른 문화권 사람이었으니까. 일본인들은 인생에 대해 나처럼 반응하지는 않는다. "어떻게 할 건데요?"

"반품할 거야."

"가게에서 그렇게 해줄까요?"

"그럼." 내가 목소리를 높였다. "쓸모가 없었잖아. **전구는 십초보다는 오래 가야 정상이야!**"

하지만 아내는 내가 진짜로 그렇게 하리라고 믿는 것 같지는 않았다. 타버린 전구를 교환해준다는 것은 그녀에게 생소한 개념이었다. 일본에서는 그렇게 하지 않는 것 같았다. 하지만 나는 지금 일본에는 관심이 없었다. 나는 부당한 대우를 받았고, 그것을 시정할 참이었다.

그날 저녁, 우리는 마을에 가서 농구경기를 볼 생각이었다. 그래서 나는 전구를 영수증과 함께 종이봉투에 넣어 마을로 갖고 갔다.

경기가 끝난 후 우리는 가게로 갔다.

그녀는 아직도 내가 타버린 전구 두 개를 교환하리라고는 믿지 못하는 것 같았다. 그녀는 편리한 핑계를 대고 차에 남아 있었으며, 나는 두 개의 타버린 전구를 들고 가게로 돌진했다.

(중략)

아내는 차에서 나와 결혼하기로 한 결정이 과연 옳았는지 점검하고 있거나 적어도 다른 관점에서 생각하고 있었을 것이다.

《도쿄 몬태나 특급열차》의 배경은 1970년대이지만, 브라우티건은 끊임없이 1960년대의 자유주의 정신으로 돌아간다. 그런 그에게 1960년대 자유주의의 상징이었던 케네디 대통령의 암살은 치유될 수 없는 상처였고, 감당할 수 없는 좌절이었다. 〈390장의 크리스마스트리 사진으로 무엇을 하려고 하는가?〉 에피소드에서 그는 이렇게 말한다.

우리는 아직도 케네디 대통령 암살의 충격에서 벗어나지 못하고 있었다. 아마도 이 모든 크리스마스트리 사진은 그 사건 때문인지도 모르겠다.

1963년 크리스마스는 끔찍했다. 12월은 미국의 모든 국기가 매주 조기로 내걸렸고, 슬픔의 터널 같았다.

나중에 브라우티건은 〈케네디 대통령의 암살을 보는 다른 방법〉에서 스물네 시간 최고의 팬케이크를 팔다가 갑자기 네 시간 동안 서빙을 중지한 레스토랑을 케네디의 사 년 재선을 거부한 미국에 비유한다.

당신은 처음부터 스물네 시간 팬케이크를 서빙하던 레스토랑이 왜 갑자기 정책을 바꾸어 팬케이크를 네 시간 동안 추방

했는지 의아해한다. 그것은 말이 안 된다. 팬케이크 만드는 게 뭐 그리 어렵단 말인가.

갑자기 당신은 케네디 대통령을 생각한다.

당신의 눈은 눈물로 가득 찬다.

《도쿄 몬태나 특급열차》의 서문에서 브라우티건은 이 작품이 도쿄에서 몬태나 주까지 가는 특급열차가 중간에 서는 정류장의 기록이라고 말한다. 그렇다면 이 작품은 두 나라, 두 지역을 오가는 여정에서 작가가 경험하는 문화적 차이, 다양성 속에서의 정체성 탐구, 그리고 중간지대에서 돌이켜보는 삶의 의미 성찰이라고 할 수 있을 것이다.

브라우티건은 마흔아홉 살 때, 캘리포니아의 자택에서 매그넘 44구경으로 머리를 쏘아 자살했다. 한 달 뒤, 그의 시체가 발견되었을 때에는 이미 상당히 부패해 있었다고 전해진다. 그도 헤밍웨이처럼, 나이 들어감과 다가오는 죽음에 패배하기 전에 스스로의 운명을 결정한 것일까? 그는 〈이집트를 덮는 구름〉에서 "우리 모두는 역사에서 각자 맡고 있는 역할이 있다. 내 역할은 구름이다"라고 썼다. 그렇다면 그는 지금 구름이 되어 하늘에 떠 있는지도 모른다.

브라우티건은 그렇게 떠났지만 그의 유산은 아직도 살아 있다. 1994년에는 피터 이스트만이라는 소년이 브라우티건의 대표작 제목을 따서 자기 이름을 공식적으로 '미국의 송어낚시Trout Fishing in America'로 바꾸었고, 내셔널 퍼블릭 라디오는 한 젊은 부부가 자기 아이의 이름을 '미국의 송어낚시'라고 지었다고 방송했다. 피터 이스트만은 현재 일본 와세다 대학교에서 영문학을 가르치고 있다. 또한 세계 각지에서 많은 작가들이 브라우티건의 정신과 스타일을 이어받아 작품활동을 하고 있다. 그렇다면 그는 자신의 정체성을 탐색하고, 타문화를 이해하기 위해 계속 달리고 있는 '도쿄 몬태나 특급열차'의 여정을 아직도 계속하고 있는 셈이다.

Modern&Classic

도쿄 몬태나 특급열차

1판 1쇄 인쇄 2019년 5월 15일 **1판 1쇄 발행** 2019년 5월 27일
지은이 리처드 브라우티건 **옮긴이** 김성곤
펴낸이 고세규
편집 신종우 **디자인** 홍세연

발행처 김영사
주소 경기도 파주시 문발로 197(문발동) 우편번호 10881
등록 1979년 5월 17일(제406-2003-036호)
구입 문의 전화 031)955-3100 **팩스** 031)955-3111
편집부 전화 02)3668-3290 **팩스** 02)745-4827 **전자우편** literature@gimmyoung.com
비채 카페 cafe.naver.com/vichebooks **인스타그램** @drviche
트위터 @vichebook **페이스북** facebook.com/vichebook **카카오톡** @비채책
ISBN 978-89-349-9560-9 04840 책값은 뒤표지에 있습니다.

비채는 김영사의 문학 브랜드입니다.

이 도서의 국립중앙도서관 출판예정도서목록(CIP)은 서지정보유통지원시스템 홈페이지(http://
seoji.nl.go.kr)와 국가자료공동목록시스템(http://www.nl.go.kr/kolisnet)에서 이용하실 수 있
습니다. (CIP제어번호: CIP2019016965)